小説にまつわるお話を書きました。
たくさんの方々に読んでいただけると、
嬉しいです。謝謝！

川崎七音

我寫了一部關於小說的小說。如果有許多讀者願意一讀的話，我會很開心。謝謝！！

川崎七音

直到寫出完美小說

完璧な小説ができるまで

川崎七音

徐欣怡 譯

序

在偵訊室裡的，是一頭野獸。

安西真幹刑警以來，從沒遇過哪個嫌疑犯像這男人這麼詭異，他幾乎都要被那股氣勢所壓倒。第一印象是，撲鼻而來的臭味。一種不屬於人類，宛如野獸般的臭味。像長時間淋雨，跳進河中，又浸泡在泥水裡，從來不曾乾過，反覆濕透般的臭味。

即使安西靠近，那男人也沒有絲毫反應，一直盯著自己放在桌上的雙臂。手臂上毛髮恣意生長，指甲很長。一頭長髮垂下覆蓋住臉，看不見他的表情。

安西在男人對面的位置坐下。他低頭看向手中檔案夾裡的資料，上面有男人的姓名和年齡。「月村莊一。二十四歲。」最令安西感到困惑的是，男人的外表和實際年齡之間的落差。長這樣是二十四歲？比我還小十幾歲？他看起來別說是跟我同年了，根本就比我還老。

他一直是這副德性嗎？不，不是。資料上寫著，他曾是一名上班族。到底是什麼原因使他變成了現在這種鬼樣子？

「月村莊一。在偵訊開始前，我要先宣讀一些事項。你有權保持緘默。你在這裡所說的每一句話，都可能成為在法庭上對自己不利的證據——」

在安西宣讀嫌疑犯權利時，月村莊一仍是動也不動，一直低垂著頭。安西手上的調查資料檔案夾裡敘述了到逮捕為止的事情經過，他的罪狀及遭到逮捕的理由。接下來安西將根據這些資訊進行偵訊。

「你知道自己為什麼會遭到逮捕，現在人在這裡嗎？換句話說，請你說明一下自己做了些什麼。」

青年沒有回答。

「你囚禁了柊木逸歌，對吧？而且不是在自己家裡，是在他家。你闖進去他家，限制他的人身自由。」

「不是闖進去。」

這時，他首度有了反應。月村緩緩抬起頭。他的人中和下巴長滿鬍子，眼神混濁，黑眼圈深得像塗了黑炭一樣。

「不是闖進去，那傢伙讓我進去的。」

「柊木逸歌讓你進去的？你和他以前就認識了嗎？」

安西問話時，目光落到調查資料上。

報警的人是一間大型出版社的編輯。他表示自己負責的作家情況不太對勁，希望警方去對方家裡查看。警方接到通報後，派兩名警察前往作家住的那棟大廈。他們在一樓大門前按電鈴，卻無人回應，聯繫管理公司進到大廈裡後，來到作家家門口再次按門鈴。這時，屋內傳來爭執聲，他們便直接闖了進去。他們發現住戶柊木逸歌被用手銬銬著，而月村莊一正在對他施暴，便以現行犯的名義逮捕月村。

「他是漫畫家？還是——」

「小說家，筆名是『相崎一歌』。」

「……你是相崎一歌的書迷嗎？」

一個粉絲因過度狂熱查出偶像的住處，潛入對方家裡將其囚禁。愛慕扭曲所導致的結局，要讓人性格大變，這推測還算合理。但月村聽完安西的猜想後嗤笑一聲，立刻否認。

「我比書迷更了解他。這個世上最了解他的就是我。」

磅！月村捶了下桌子。響徹房內的撞擊聲還未消散，他又繼續說：

「而且我也是小說家。我也成為小說家了。和他一樣，我們都被小說附身了。現在也是如此，全都是小說害的！」

他捶了一下，又一下，再一下。一名部下聽到聲音，從隔板後方走進房裡。安西制止部下，要他先不上銬。安西自己也把手輕搭在腰間手銬上，以便隨時採取行動。

「我確實囚禁了逸歌。囚禁他，然後冒充他，但這不是我的錯！我沒錯！我真的沒錯！」

這時部下終究衝了過去，出手壓制住情緒失控的月村。他先用手銬銬住雙手，再把鍊條另一端扣在特別固定過的桌子上。束縛月村的工具變多了，讓他看起來更像是一頭野獸。

安西先等那頭野獸冷靜下來，算準時機再次開口詢問：

「你是在哪裡認識柊木逸歌的？如果你不是書迷，那你和他又是什麼關係？」
「我們在高中認識的。」
「……你們之前就有來往嗎？是朋友嗎？」
「我該回答得多詳細才好？」
安西立刻留意到月村的變化。此刻，他第一次顯露出說明的意願。這是可以理性談話的機會。在高中認識的意思是兩人從那時起就已經往來了嗎？
「我希望你全部告訴我。從認識他開始，到今天為止的全部過程。」
「我口渴，想喝水。」
安西讓部下拿水來。部下才一將水遞向月村，他就一把搶走寶特瓶，不到一分鐘就喝個精光。
「我和逸歌是在同好會認識的。要說的話，一切都是從那時候開始的。」
安西原本在桌上備好了紙筆，但立刻發覺這樣並不夠，便按下錄音筆，靜靜等待他道出一切。
月村莊一對過去的自白，用這一句話開始。
「在加入同好會之前，我總是孤伶伶一個人。」

第一章

1

我總是孤伶伶一個人。

進高中一週以來，在月村莊一心裡，這種感受每天都愈發強烈。早上的班會時間他總感到特別孤單。班上的男女生很快就形成了好幾個小團體，而莊一還不屬於任何一個團體。他至今唯一會行經的範圍，依然是從教室門口到自己座位的兩點一線。

「你看了昨天的直播嗎？」「那是出包吧？」「妳決定要加入什麼社團了嗎？」「我沒什麼興趣，可能就回家社吧。而且有時間的話我還想打工。」「沒錯。」「剛才電車上有個西裝大叔昏倒了。」「什麼？太嚇人了吧。」

他假裝睡覺，其實正豎耳傾聽各小團體從四面八方傳來的話語，同時在心裡想像「如果是自己的話應該會這樣回」，用這種方式打發時間。偶爾有男生回答的速度比莊一更快，說出的內容又有創意時，他就會擅自感到自己輸了，在心裡懊惱。如果話題轉到自己沒聽過的遊戲或藝人上，他就暗自慶幸自己沒置身於那群人裡。

當導師一走進教室，同學紛紛自動回到自己的座位。莊一也從趴睡姿勢坐起來，先假裝做出打呵欠又忍住的舉動，才轉頭看向講台上的老師。

「午休時間體育館有社團介紹。有興趣的同學可以去看看。」老師簡短分享一些資訊後，才五分鐘左右班會就宣告結束。鐘聲響起，教室再次變得吵雜。不過即使教室裡鬧哄哄的，只有自己半徑一公尺以內寂靜依舊。寂靜是莊一的搭檔，經常像這樣令自己感到難熬。

莊一就讀的這所高中是縣內少數實行學分制的學校，學生只要能取得畢業所需的學分，可以自行選擇要上哪一堂課，安排自己的課表。不同於所有同學都一直待在同一間教室的一般高中，只要班會一結束，同學就會紛紛鳥獸散，每堂課的教室都不一樣。這種體制多少掩飾了莊一的形單影隻，但那頂多是一時的慰藉。到了另一間教室，莊一依然只能眼睜睜看著其他人組成新的小團體。

明明自己什麼都沒做，等回過神就已成了孤伶伶一個人。

不對，正因為你什麼都沒做，才會變成一個人。

午休時間，莊一坐在學生餐廳裡靠牆的吧檯座位，正沉浸在喜愛的閱讀之中，汲取有關人生的領悟。莊一所獲得的啟發幾乎都來自小說。而且只有在看小說時，他才能真正忘卻孤獨。

除此之外，小說也讓他明白許多事。比方說現實中幾乎不會出現小說角色之間那種流暢的對話。不管是高明的回應或匠心獨具的問答，幾乎都很少見。現實中的對話充滿各種雜訊，可能說話前先停頓片刻，可能一個人講話時同時有其他人插嘴。莊一很嚮往故事裡那些角色節奏明快、張弛有度的對話。

他忽地從手中的文庫本抬起頭環顧四周，發現餐廳較平時安靜，學生也很少。下一刻，他隨即想起早上班會時，班導說今天體育館有社團介紹。

社團活動。一個只要加入，無論樂意與否都會與他人自然產生連結的地方。既然自己什麼都做不到，或許正需要像社團這樣具備強制力的環境。

莊一決定離開學生餐廳前往體育館。他剛才在看的是一本故事背景設定在海外的旅行小說，主角是一名和自己同年紀的背包客，這也是促使他採取行動的一項原因。相較於遠赴歐洲、美國或南美大陸的困難程度，移步到同樣在學校內的體育館實在算不上辛苦。

「社團聯展已經開始了！各位新生也可以參加入社體驗活動。」

一走近體育館，就看到各社團學長姐在走廊上宣傳。有人正在發傳單，也有人正在製作華而不實的看板。為了招攬新生加入，大家各自發揮創意出招。

莊一正要穿過宣傳大戰打得如火如荼的長廊時，瞥見教學大樓牆上的布告欄，停下了腳步。

布告欄上貼滿了介紹社團活動內容的海報，大至A3尺寸，小到明信片，形狀更是五花八門應有盡有。這些海報似乎也呈現出各社團的規模與勢力大小，整體就像一件藝術品。

不管看哪一張海報，莊一都想像不出自己置身其中的模樣。原本想過去體育館的意願突然就變得很低落。自己的容身之處，果然是到哪裡都找不到吧？

就在他準備離開時，一張藏在角落的白紙映入眼底。看起來是學生會製作的一覽表，用單調排版整理出各社團或同好會的成員人數及活動地點。設計雖然比其他海報都遜色，資訊量卻是這個布告欄裡最豐富的。

他用手指抵住紙面往下滑，按照順序隨意看著社團名稱。在一覽表快結束的最底端，莊一的手指停住了。

「文藝研究同好會　社員人數：不明　地點：別館三樓多功能教室」

他從長褲表面輕輕摸了摸口袋裡的文庫本。

等回過神時，他已經逆著大批新生的人流方向，背對體育館向前走。文藝研究同好會。莊一眼中已經只有那裡了。

社員人數不明。意思應該就是人數少到甚至連活動規模都無法掌握吧。如果是一個只有寥寥數人或者沒有任何人的地方，莊一就能想像出自己置身其中的模樣了。到頭來，他在找的說不定是可以獨自一人待著的地方。

莊一離開教學大樓本館，一邊用眼角餘光掃視校園，一邊往別館走去。

別館一樓都是學生會、班級幹部和教師平時使用的會議室。在靠本館這端跟另一頭各有一座階梯，但靠本館的這座階梯不知為何禁止使用，用警示帶封起來了。

他往裡面走，看見器材室，霧面玻璃讓他看不清裡面，應該是存放一些活動會用到的小型用具吧？莊一直接走過去，踏上旁邊的階梯。

二樓是音樂教室、技術室、資訊室和美術室等各科教室。剩下的幾間教室則是管樂社、美術社、電腦社跟茶道社等文化類社團的社團辦公室。

成員人數少的同好會全集中在三樓，就像被挑剩的東西都聚集到一處似的。莊一要去的文藝研究同好會又位在其中的最裡面，門上方的日光燈還壞了。有種費盡心思避免別人靠近的感覺，莊一不禁在內心拍手讚賞。愈走近愈感覺這裡簡直就是專為自己準備的地方。

他終於走到社辦前，沒有敲門，直接握住門把。在一陣短暫的金屬摩擦聲後，門開了。

室內大小約是教室的一半。莊一正要進去，卻驀地停下腳步。

「嗨。」

一個坐在窗邊黃色沙發上的褐色短髮男生，從正看到一半的文庫本抬起頭來打招呼。他四肢修長、五官端正。黝黑的皮膚以四月這個季節來說稍嫌突兀，卻使他的存在感顯得更強烈、更巨大。要不是在這裡遇見，莊一可能會以為那個男生是田徑社的成員。

「你好。」莊一回話聲音沙啞。他這才發現自從進到這間學校後，自己一次都還不曾好好開口說話。

「我沒想到有人在，直接就開門了，抱歉。」

我幹麼為這種事道歉？一秒鐘後，莊一就心生尷尬。沒辦法好好回話令人懊惱，一旦真的開口又陷入自我厭惡。

莊一承受不住這種無地自容的感覺了，把目光從男生身上移開。滿滿一整面牆的書架躍入眼底。一排排書本數量多到無愧文藝研究這個名稱。儘管他有些好奇這些書是按照出版社、作品類型還是作者姓名來排列的，但最引起他注意的是，那裡還有另一個人。

一個穿著黃綠色連帽衫及牛仔褲的女生。黑短髮略帶自然捲，肌膚白皙到可以和沙發上那個男生形成對照組。

她和那個男生的另一個不同之處是，她身上穿著便服。這間高中並沒有統一的制服，允許學生穿便服到校。班上同學到現在大多還是穿制服，入學未滿一個月就有勇氣穿便服上學的人並不多。

她的視線落在雙手捧著的單行本上，並沒有要轉過頭來的跡象。她一副隨時會被書本重量壓得失去平衡摔倒的模樣，但她一直維持直立不動的姿勢。莊一知道她嘴巴之所以會微微張開、動著，是在默念書中的內容。莊一自己沉迷於閱讀時偶爾也會出現這個怪僻，這女生看得這麼入迷，難怪連剛才門開了都沒注意到。

「你是學長？難道是這裡的老社員？」皮膚黝黑的男生發問。

「不是。我一年級。你呢？」

「我也是一年級。對了，那個女生也是一年級。這樣看來，我們全都是受社員人數不明這個誘惑跑來的傢伙。」

對方就像共享了同一個祕密，正在品嘗那份愉悅似一般克制地笑了。女生大概是看到了一個段落，從單行本抬起頭，終於注意到莊一的存在。一接收到來自兩個人的目光，莊一就感到有些招架不住，像被推了一把似地往後退一步。

「不好意思打擾你們，我先走了。」

「你要回去了？在這裡隨意待著就好啦。」男生回應。

「我突然想起有事。」

「不是吧？是因為我們在，你覺得尷尬了。」

莊一有種自己心裡面的話被人直接說出來了的感覺。而男生的笑容就像是說：「上面就這樣寫啊？」

「柊木逸歌。B班。你呢？」

「月村莊一。A班。」

柊木逸歌說著「請多指教」，朝莊一伸出手。莊一敗給讓別人的手徒然停在半空中的尷尬，向前走近握住他的手。莊一心裡明白，自己是因為柊木逸歌，在一種自然的狀態下，被半強迫地拉進社辦了。他這人肯定是善於社交的類型吧。

「我是相崎姬野。」

女生闔上單行本走過來。她伸過來的那隻手，莊一同樣回握。

「我是前天發現這裡的，逸歌來得比我更早。說是更早，其實也就大概一週前，根本沒差幾天。這裡很棒，對不對？連圖書館沒有的書這裡都有。已經畢業的學長姐累積在這面書架裡的藏書非常豐富。我猜是社員各自擺上了自己喜愛的書籍。我們盡量多看吧。啊，我是C班的。大家都不同班，但這間學校在哪一班也不是差很多。請多多指教。」

相崎姬野說完時才終於放開手。從她剛才沉浸於閱讀的身影，完全想像不到她講起話來又多又快，莊一完全看不出她中間是在何時換氣的。他轉頭看向柊木逸歌，後者迅速笑一下，朝莊一點頭。「沒錯，她這人話很多喔。」莊一彷彿又聽見他這麼說。柊木逸歌很善於運用表情，別人一看就能懂他想傳達的意思。

相崎姬野像是打夠招呼似的，從細長的桌子下方拉出一張摺疊椅，坐上去。椅子共有八張，每一張都整齊收好。這個同好會之前曾有過八名成員嗎？現在則由這張桌子和這些椅子白白占據社辦大部分空間了。

如果要離開社辦，柊木逸歌大概又會隨便找理由阻止自己，於是莊一也從善如流地坐下。在一個與其他兩人保有恰當距離的位置上。

兩人又埋首看書，並沒有要開啟對話的跡象。莊一側眼瞥向柊木逸歌手中文庫本的封面，但後者立刻就轉了個方向，莊一來不及看清書名或作者。至於相崎姬野，剛才打招呼時莊一就看過單行本的封面了。史蒂芬．金。莊一也看過幾本這位國外作家的作品。她正在看的那本書名是《11/22/63》(註)，描寫一位男性打算透過時間旅行阻止甘迺迪總統遭到暗殺的故事。

問對方正在看的那本書的問題會不禮貌嗎？抑或是一種開啟對話的契機？話說回來，又該向哪一位拋去問題？莊一陷入過度客氣及顧慮太多的迷宮中，無法採取任何行動。他一邊思索，一邊從書包取出讀到一半的文庫本小說。但即使翻開書頁後，眼睛捕捉到的那些文字又隨即一一掉落，他

註：史蒂芬．金於二〇一一年出版的奇幻小說，書名來自美國甘迺迪總統遇刺的日期。

不得不一直重複看同一段。

「那本是《青年就要走向荒野》嗎？」

莊一朝聲音傳來的方向看去。打斷自己閱讀的相崎姬野，趴到桌上仔細盯著莊一的文庫本封面。莊一下意識翻起文庫本方便她看。

「對。五木寬之（註一）。」莊一回答。這次他的聲音沒有沙啞。

「他很棒喲？文字的壞習慣少，也令人容易想像情境。我喜歡《看那灰色的馬》」

「短篇集。」

「對。我最喜歡書名那一篇。」

「真的很棒呢。」

然後，對話又停住了。應該說，是莊一停下來的。他不知道手上接住的那顆名為對話的球，該怎麼丟回去才好？相崎姬野看起來還在等待莊一的回應，但他始終想不出漂亮的回法。遲疑的時間一拉長，莊一手中那顆名為對話的球逐漸洩氣，萎縮，已經不能丟回去了。

相崎姬野就像是聽見了那顆球的洩氣聲，又低頭回去看自己的書了。就連被評價為話很多的她，都意識到自己讓人費心了。然後，到現在莊一才終於想到自己可以回什麼話。妳還看過五木寬之的哪些書？妳喜歡短篇集嗎？妳現在在看的那一本是長篇小說，國外作家寫的，對吧？妳看書不挑類型嗎？遲了，遲了，太遲了。全都太遲了。

莊一闔上連一頁進展都沒有的文庫本，收進書包。趕快走吧，不要打擾他們兩個。這裡不適合我。這個寂靜顯得如此安然的完美之處，肯定是專為他們兩個準備的。

莊一正要站起身時，坐在沙發上的柊木逸歌喃喃自語：

「跟什麼好像。」

他從原本正在看的文庫本抬起頭，正努力回想什麼般盯著天花板。

「這個場景，跟什麼好像。到底是什麼？男女三人，但不是在室內，是在海邊走著。一部黑白電影。」

莊一從他舉出的幾條線索抽出關鍵字，不自覺也開始思索起來。

三個男女。黑白電影。走在海邊的場景。他沒花多少時間就想出了電影名字。靈光乍現，他下意識就脫口而出：

「《天堂陌影》（註二）。」

莊一回答的聲音，和柊木逸歌、相崎姬野的聲音重疊了。從第一個字到最後一個字的時間點都

註一：日本小說家、隨筆家、作詞家。

註二：一九八四年出品的美國電影，由吉姆．賈木許編導，前爵士樂手約翰．盧瑞爾、理察．埃德森、匈牙利裔演員艾斯特．巴林特主演。在美國獨立電影史上占有重要地位。

一模一樣。

三人忍不住看向彼此。以同樣的速度搜尋記憶，又在同一個瞬間想出答案。三人之間萌生出一股好似一同衝過終點線的奇妙親切感。

噗，最先笑出聲的是相崎姬野。接著，柊木逸歌也笑了，最後跟進的是莊一。笑聲持續了好一陣子。

「吉姆．賈木許導的電影，對吧？」莊一說。

「黑白影像跟對話的安排都很有意思呢。」柊木逸歌說。

「好像有人說這部是次文化始祖喔。」相崎姬野說。

後來，三人聊起自己正在看的書，又聊到最近看的其他老電影，還一起看社辦的書架上收藏了哪些書。一個想像畫面浮現在莊一心裡，三人待在一個沉穩、排除了多餘色彩的黑白世界裡。

從那一天起，有柊木逸歌和相崎姬野這兩人在的文藝研究同好會社辦，就成了莊一的容身之處。

2

莊一出生後沒多久，父母就出車禍雙亡。因為外公外婆都已不在人世，便由爺爺奶奶撫養他。

莊一記得是在上小學後，才發現同學都跟自己不一樣是有爸爸媽媽的，他覺得好像只有自己不是同一種生物，漸漸不知道該如何融入群體。莊一第一次遇見另一個沒有爸媽的同齡小孩，是在小說的世界裡。

在這種背景長大的自己找到容身之處後，很快就過去一週。對莊一來說，放學後的時光才是高中生活的重頭戲，他前往社辦的腳步，遠比移動去其他教室時輕盈太多了。

他伸手搭上門，今天也沒鎖。一聽見沙發咯吱作響的聲音，他還沒踏進去就立刻知道裡面是誰先到了。

「你來啦，柊木。」

「喲，莊一。」

逸歌的眼睛依然盯著手上的文庫本，只舉起一隻手簡單回應。逸歌總是第一個到社辦的。他說自己下課時間或沒興致上課時也都會待在社辦裡。

「躺著制服會皺喔。」

嗯。他回得心不在焉。逸歌此刻看到入迷的那本小說是莊一借他的。莊一不想打擾他，拉開摺疊椅坐下時還盡量避免發出聲音。

一開始是因為有次閒聊時，逸歌說自己只看過外國小說，而且堅持這麼做的理由極為單純。

「我啊，很不會記人名。都造成我的精神壓力了。文字也是一樣。比方說，假設有一個日本人叫作薰，我就必須同時記住名字的讀音『KAORU』跟『薰』這個漢字，不是嗎？這會造成大腦雙倍的負擔。不過，外國小說的出場人物名字全是假名，我只需要記住發音就行了，相對輕鬆。」

莊一問「你以後也都不打算看嗎？」時，他回答，如果有人推薦他就看。於是兩人自然就講到，由莊一來借逸歌自己推薦的日本小說。逸歌的要求是出場人物要少，類型不限，但偏好內容狂野的。莊一回家後，盯著自己房裡的書架一個小時，才終於選定安部公房（註一）的《沙丘之女》（註二）。

看逸歌現在看得這麼入迷，可見莊一滿足了他的要求。

啪，文庫本闔上的聲音響起，莊一轉向逸歌。

「你已經看完了？」

「只要專心，我看書很快，而且這本又很吸引人。再加上出場人物少，內容又夠狂野，我看到欲罷不能。嗯。好看。莊一，找你推薦是對的。」

逸歌說的不是針對小說內容的感想，他只講了透過閱讀獲得的體驗。莊一沒有黜臭他這一點，只是淡淡回了句「那就好」。認識一週，莊一漸漸了解他的性格。

逸歌把書還給他，莊一接過時說：

「因為會造成精神壓力這種理由，所以只看外國小說的偏食讀者，我還是第一次遇見。」

「你不要講得我好像怪胎一樣。每個人都會在某方面特別偏食吧。喜歡的類型、喜歡的作家、喜歡的場景、喜歡的出版社。」

「……相崎呢？」

啊啊，逸歌淺笑著搖頭。

「她不算，她是例外。應該說，她才是真正的怪胎。光這一週看下來也很明顯吧？」

剛好就在他說句話時，門開了，怪胎氣喘吁吁地到了。樸素的紅色連帽衫很引人注目。她一隻手裡拿著大概是在自動販賣機買來的水。

「抱歉，我遲到了。」

「又沒規定幾點開始。我們是連活動內容都不知道是什麼的同好會。」逸歌回。

「咦？才沒那種事。閱讀和談書，很有意義的活動，不是嗎？對了，莊一，我最近也重看《青年就要走向荒野》了，上次看是好久以前。旅行的青年，國外的情境，爵士樂，嗑藥，性。文字本身就像音樂演奏一樣在搖擺。」

莊一已經相當習慣她一口氣把話說到底的長度了，但無預警從一個女生口中聽見「性」這個字，還是令他愣了一下，沒辦法立刻回話。

「逸歌，你推薦我的史蒂芬．金也是，我打算要把已經翻譯出版的那幾本全看一遍。國中時我看過一本，很有趣耶。人物描寫有夠詳細，絮絮叨叨的，我滿喜歡的。我通常都是去圖書館借書來看，但有幾本我都想買回來收藏在自己的書架裡了。」

註一：日本知名存在主義文學作家、劇作家。

註二：安部公房的長篇小說，於一九六二年出版。

她一邊說話一邊走，在莊一對面的座位坐下。一坐下來，她就大喊一聲「啊！」伸手指向莊一。

「安部公房的《沙丘之女》。很好看，對吧？我也有這本，還有其他作品。要我從家裡帶來嗎？對了，社辦的書架裡沒有安部公房耶。」

莊一和逸歌對視一眼，就像只有彼此了解的暗號般，一起笑了。她心中不存在日本小說和外國小說這條分界線。作家是誰，是哪種類型，出版社是哪間或故事舞台是什麼都無所謂。怪胎這個稱呼雖然不太尊重，但莊一認同逸歌說的，她閱讀範圍之廣真的是個例外，真的很特別。

「相崎，感覺妳除了睡覺之外都會一直講書的事。」莊一說。

「連睡覺時都在講吧，睡著後繼續說夢話。」逸歌接下去。

兩人出言揶揄，姬野也半開玩笑地抗議「沒禮貌」。莊一感覺到，自己此刻肯定正置身於曾有人描繪過的青春之中。

三人不曾在社辦外碰面聊天。不曾在中午休息時間聚在一塊吃午餐，也從不曾結伴走去社團辦公室。偶爾在走廊上或樓梯間遇見，也只是簡短打個招呼就擦身而過。直到放學前，大家就像各自專注於工作般，分別過著自己的校園生活。

一天中午，莊一在學生餐廳看到逸歌。當時莊一坐在牆邊的單人吧檯座位，聽見一陣大笑聲從後方傳來。他回過頭，看到共五個男女學生圍著桌子，逸歌也在裡面。他說了些什麼後，其他四人又爆出笑聲，逸歌也配合地展露笑臉。莊一感覺自己好像撞見了不該看的場面，從椅子上起身，悄悄走出學生餐廳。

他走到中庭，這次又看見了姬野。她和三個應該是同班同學的女生坐在長椅上，一邊吃便利商店的飯糰一邊熱絡閒聊。其他女生有的吃三明治，有的手中拿著看似是自己做的便當。

莊一感覺自己不管坐在中庭的哪個位置都會被她看到，就又換了地方。最後，他回自己班上吃完午餐。當然是獨自一人。一個人吃著飯時，他忍不住想，在那間社辦裡度過的時光該不會全是自己想像出來的？自己無意識中把走在教學大樓時碰巧看見的兩個人放進想像的世界，那間社辦裡只有自己一個人，其實兩人並不在那間社辦。其實在沒有亮光的社辦中，只有一個不停說話的男學生。就像一個設定拙劣的懸疑故事，一本內容枯燥的青春小說。

放學後，莊一比誰都早到社辦。他沒辦法百分之百確定自己的擔憂不是真的，忍不住加快前進的腳步。

在等待時，他隨意從書架取下一本書翻看。文字紛紛從眼睛滑開，完全看不進去。就在他徒勞無功地看書時，響起社辦門打開的聲音。

「莊一。有其他像上次那本一樣出場人物少的日本小說嗎？啊，在那個書架上的書也可以。」一逸歌說著，就在他的老位子的沙發坐下。不管是沙發咯咯吱吱的聲響，陷進沙發裡的身軀，他的聲音，全都是真實存在的。

莊一站在書架前挑書時，姬野也到了。她連句招呼也沒打，就一股腦講起自己對昨天看的那本書的感想。莊一看到這副情景，終於鬆了一口氣。沒事的，我的日常生活真的就在這裡。

姬野提起觸及小說本質的話題，是在又過了幾十分鐘後。

「喂，你們兩個為什麼會選小說啊？」

莊一和逸歌分別從正在看的書中抬起頭來。她繼續說：

「電影、漫畫、動畫、遊戲、舞台劇。明明還有其他各式各樣的娛樂，莊一和逸歌，你們為什麼會最喜歡小說呢？」

「我不記得我說過自己最喜歡小說。」

先回答的是逸歌。

「只是，對我來說最可以消磨時間的是小說。一部電影兩小時，高中生的門票一張要一千五百圓。一本漫畫的價格落在四百圓左右，貴的可以貴到一千圓，但看完一本花不到一小時。至於小說，就算頁數和漫畫一樣也可以消磨更長時間。我喜歡的是這種出色的性價比。基於同一個理由，我也常打遊戲。不過打遊戲眼睛會累，所以還是小說好。」

在眾多娛樂選擇中最常看小說的理由。莊一心想，這個回答非常符合逸歌的作風。排除多餘浪費，高效能，低負擔地活著。好比說，他的想法也展現在身上穿的制服上。進學校一個月，最近新生也漸漸熟悉環境，穿便服上下學的學生慢慢變多了。在這股趨勢中，逸歌依然一直穿著制服。理由很簡單，因為不需要挑選要穿什麼。

莊一上學也是穿制服而非便服。但理由不一樣，他是對自己的衣服沒信心，是在意別人的眼光。他不想被擦身而過的人笑話。莊一總是會想像不幸降臨到自己身上，會考慮最糟糕的情況。那些場景一幕幕栩栩如生地浮現腦海。他早有自覺，這種想像力是看小說培養出來的。莊一把這件事告訴兩人。

「我是因為小說最能刺激想像力。可以在腦海中自由想像每個角色長什麼模樣，場景是什麼畫面，對話又是什麼語氣。我很享受這種樂趣。」

點頭應了聲「原來如此」的姬野則是每天都變著新花樣穿衣服。她在卯足全力利用穿便服上學這項制度的同時，又說因為只有學生時代才能穿制服，每週一定會有一天穿制服來學校。今天恰巧是姬野也穿制服的日子。

「姬野，妳為什麼喜歡看小說？」莊一問。

風從敞開的窗戶吹進來，吹得莊一他們正在看的書啪啦啪啦地一頁頁翻過去。姬野的聲線穿透輕盈的紙張摩擦聲，傳進他的耳裡。

「因為可以讓我忘記此時此刻的自己。我並不是討厭現在的自己，只是看小說會讓我有一種沉浸在另一種人生裡的感覺。我非常喜歡那種快感。最能讓我全心投入的就是小說，因為只由文字構成，就像莊一說的，可以自由想像。」

三人各自出於不同理由對同一樣東西感興趣，因而聚集在這裡。莊一在心中想像三人走過相異的路徑，最終碰頭的畫面。他想起第一次見到另外兩人的那一天。

「對了，逸歌，你也看很多電影吧？第一次遇見時，你就知道《天堂陌影》。姬野看很多電影這我是滿能想像的，不過，聽完你剛剛的理由，我就有點意外了。」

莊一直白說出自己的想法，逸歌回答：

「因為那部是黑白電影啊。看黑白電影眼睛就不太會累，所以我看很多。黑白電影我應該都還滿熟的。」

「逸歌，你還真是始終如一，徹底貫徹節能省電的原則。」姬野笑著說。

聊天告一段落，三人各自回去看自己的書。沒人說話，一邊感受著彼此就在身邊不遠處，一邊沉浸在書中的世界。偶爾會聽見有人轉開寶特瓶，喝飲料的聲音。莊一最近才明瞭，原來寂靜也可以帶來療癒的效果。

不久後，到了傍晚，姬野說爸媽交代自己去買東西就先走了。逸歌可能是精神無法集中了，也從沙發站起身，隨意打了聲招呼就離開了。有時候三人會一起回家，有時就像這樣大家各自回去。莊一很喜歡這種自由自在的感覺。在這裡，可以和其他人待在一塊，同時也可以獨處。每次一天到了尾聲時，莊一總在心裡想，如果可以永遠待在這裡就好了。

「同好會可能要廢社。」

三人組中，帶來大消息的總是姬野。這一天也不例外，她一踏進社辦劈頭就說：

「我剛有事去教職員辦公室一趟，就被老師叫過去。我告訴老師我加入同好會，結果老師就叫我提交活動內容。怎麼辦？人家覺得我們什麼都沒做。」

「實際上就是什麼都沒做啊。」

三人的確提交了同好會的入會申請，但除此之外什麼都沒做。儘管同好會在資料上是有了三名成員，但活動內容依舊不清不楚。前面一個月都沒人發現，一直放任同好會這件事才堪稱奇蹟。

「如果只是看看書、互相討論，根本用不著一間社辦。在學校餐廳也可以，在自習室也可以，在圖書室也可以，甚至學校附近的家庭餐廳也沒問題。」

「逸歌，你到底站在哪一邊？」姬野瞪著逸歌，如此質問。

「妳不要生氣啦，我只是列出事實而已吧？我們需要一些必須使用這間教室的理由。必須拿那些理由去說服老師。話說回來，你們兩個為什麼要來這裡？如果只是愛看書，去文藝社也可以看吧？」

面對逸歌提出的問題，姬野第一個回答。

「我去過文藝社一次，但那裡就跟漫畫研究社差不多。我到處找人搭話，後來就被嫌棄『妳太吵了』，被趕出來了。」

「啊啊。」莊一和逸歌深表認同似地一齊點頭。姬野大概是生氣了，抄起書包就扔過來。然後，姬野把話題重新拉回正軌。

「我現在覺得這裡很舒服，我很喜歡。你們兩個呢？來這裡的理由是什麼？」

莊一抱著她扔過來的書包，開口回答：

「我是很愛看書，但文藝社人很多，我怕人多的地方，就選了這裡。我莫名可以想像自己待在這裡的模樣。」

摻雜了一半謊言一半真話，未顯露真心的答案。

莊一最初的想法是，就算只有一個人也沒關係。自己渴望的是一個容身之處。他半放棄和他人在一起的期盼，決定死心才來到這個地方，卻在這裡遇見了兩人。

自己現在的容身之處就是這裡，他希望逸歌和姬野也一直在這裡。因為他很喜歡和兩人共度的時光，但要坦露這種真心話，現在還太早。

莊一把姬野的書包丟給逸歌。逸歌依舊躺在沙發上，接住書包後就一直盯著它瞧，彷彿答案就裝在裡面似的。他輕聲說：

「我大致上和莊一一樣吧。看我在這裡的態度，這樣說可能沒什麼說服力，但我在班上或其他地方可是都相當受歡迎的。」

莊一知道。每次在社辦外頭看見逸歌時，他身旁總有別人，而且經常逗得其他人哈哈大笑。從他在這裡的模樣很難想像，他會有那麼豐富的表情，話說不定比姬野還多。但並不是說哪一個才是真正的逸歌，大概，兩個都是他。只是，如果要說哪一面是逸歌更自然的狀態的話——

「討人喜歡的感覺並不壞，但要一直去做滿足對方需求的事，很累。人際關係就是這點麻煩吧，所以我想要至少有一個地方，可以不用顧慮東顧慮西的。」

逸歌扔出書包，書包又回到姬野的手上。說完一輪之後，彼此的想法都很清楚了。三人果然需要這裡。我們想待在這裡。那就必須準備一個足以說服外界的有力理由。

「要不要我去拉幾個人進來？找幾個願意只出借人頭的回家社朋友來充人數。那樣就不會輕易被廢社了吧？」逸歌說。這種解決問題的方式也很有他的風格。

「這樣沒有從根本解決問題喔，我們還是得向老師提交活動內容。」對於姬野指出的癥結，莊一也表示贊同。現在應該要思考的方向是，決定活動內容。這時，他把自己想到的辦法說出來。

「把書評整理成報告定期發行如何？有點像是同好會的會刊。」

「饒了我吧，逸歌哀號。

「選修課就要寫報告了耶。」

這間高中是學分制，有一些課在評量成績時不是靠考試而是靠報告。剛開學時，新生都受到「不用考試」的誘惑爭搶需要交報告的課程，後來才發現報告數量非常龐大，根本比念書考試來得更費勁。

莊一不經意瞥向姬野，發現她神情認真地在思索什麼。他正要出聲詢問前，姬野就想到主意似地抬起頭。

姬野先環顧社辦一圈。莊一和逸歌也跟著她的視線轉動頭。她的視線落在，一整面牆的書架，一排排的書本上。然後，她才終於有了要開口的跡象。

「我們來寫小說怎麼樣？」

3

莊一在自己房間打開筆電，瞪著空白的WORD頁面已經快一個小時了。方才為提升動力泡的那杯咖啡早就見底，一直開著的收音機傳出整點報時聲，晚上十點了。

姬野定下的截稿日是兩週後。每個人都要在那之前寫完一篇短篇小說。她說要拿寫好的小說作為活動成果去說服老師讓同好會繼續存在。

莊一看著書桌上的桌曆。距離截稿日只剩下一天。原本那麼充裕的時間到底都消失到哪裡去了呢？

最開頭幾天都耗在閒聊上了。要寫什麼樣的故事？從什麼樣的視角切入？故事是哪種類型？主角是什麼樣的人？主題要設定成什麼？三人聊這些問題聊得很起勁。

然後，提議者本人姬野認真起來，不再過來社辦。她是智者，最早意識到待在這裡，時間就是一直在聊天中流逝而已，寫作不會有任何實質進展。

接著，逸歌也不來了。他終於採取行動後，莊一才真正開始焦慮。因為莊一一直毫無根據地認定，在姬野下一個湧現幹勁的人會是自己。那種感覺就像是原本和自己一起慢吞吞跑步的同伴，突然騎腳踏車先走了，太奸詐了。不對，自己甚至連跑都還沒有開始跑。

接下來幾天，莊一都會從社辦的書架上選幾本小說翻閱，試圖尋找靈感。

再後來，姬野就像和不過來了的逸歌交棒似地回到社辦。莊一一看她的表情，立刻就明白她的小說已經寫完了。才過了一週而已。

「姬野，妳寫了哪種故事？」

「祕密。莊一，你還沒開始寫吧？這位青年，別再煩惱了。」

姬野看著莊一站在書架前尋找小說，笑了。莊一感到自己意圖完全被看穿了，心裡有點尷尬，便闔上小說，走離書架旁。

「我能理解你拿不定方向，但其實你只要先打開筆電，隨心所欲開始寫就行了。一開始會完全無法決定該怎麼開頭，手指沉重得好像不是自己的一樣。可是，就算這樣，只要你忍耐著寫下去，手指就會漸漸變輕盈，會有一個瞬間，手自己動了喔。那感覺真的非常舒暢。」

莊一還多問了幾項訣竅。姬野說自己是先大致決定故事的方向，再一邊寫一邊填進細節。上課時，莊一試著學她在筆記本寫下靈感，但最關鍵的故事卻沒有浮現腦海。

一旦被說可以隨心所欲，反而不知道該往哪個方向前進才好。話說回來，莊一就是不知道該如何隨心所欲，才會在學校生活中落得孤伶伶的下場。

收音機又報了一次時。晚上十一點。莊一被拉回現實，時間又陷入停滯。

其實，這並非莊一第一次寫小說。剛上國中時，他不小心多買了幾本筆記本，就拿其中一本來寫些稱不上故事的無聊文章。他還記得故事內容是在惡搞當時很著迷的奇幻小說。結果寫到一半就膩了，從此擱筆不寫。莊一思量著，要不要拿那些內容來改寫？他隨即否決了這個想法。那就像在改編過去的日記一樣，他可沒這種自虐的興趣。

事到如今，還是老實承認自己寫不出來算了？不如乾脆闔上筆電，傳訊息向姬野他們道歉？就在莊一快掉入甜美誘惑的陷阱時，一個靈感無預警地閃現腦海。

如果想不出故事，那就寫自己的事怎麼樣？不用到日記那種程度，就寫出自己經歷過的事，再添加一些幻想情節。

自己是什麼樣的人呢？不知道雙親長相，在爺爺奶奶的撫養下長大。上了小學，得知其他同學都有爸爸媽媽，才發現原來自己和周圍的人不一樣，性格變為內向。這樣一個男生在上高中後，才終於找到了容身之處。

正如姬野說的，只要決定方向後，再來就快了。莊一戰戰兢兢放上筆電鍵盤的手指，慢慢動了起來。原本沉重而遲緩的指頭變得輕盈，開始飛舞。打字聲不曾停歇，不絕於耳地迴盪在房間中。

收音機的報時聲打斷了他的專注力，他把視線從電腦螢幕移開。方才太過忘我，一回神已寫了一萬字以上。他看向時間，已經凌晨四點了。

莊一打開社辦的門時，姬野和逸歌已經在裡面了。

難得連逸歌都坐在椅子上，兩人手邊都擺著列印好的原稿。莊一一言不發地取出原稿。姬野放心似地露出微笑。逸歌朝莊一微微點頭，彷彿在說我就知道你一定會寫完。莊一內心充滿一股自己終於能和兩人平起平坐般，充實又滿足的舒暢心情。不管自己寫的這篇短篇小說是會獲得肯定或被評為很無聊，都已經無所謂了。

「總之，我們來輪流看吧？」

逸歌朝在他隔壁坐下的莊一遞出原稿。就好似聖誕節的交換禮物，莊一把自己的原稿交給姬野，而姬野的原稿就到了逸歌手中。

接下來的大約一個小時，三人安靜閱讀彼此的小說。先看莊一小說的姬野，輕輕噗嗤笑了一聲。莊一剛才明明覺得不管評價如何都無所謂了，心裡卻還是有點好奇到底是哪個段落觸發了姬野的情感。接下來，小說傳到逸歌手裡時，他也一樣短暫笑了一次。

全部看完後，就到了大家輪流發表感想的時間。

「逸歌的小說，角色都很有意思。」姬野率先開口。

「對。在我們三個裡面，逸歌故事裡的角色是最突出的。」莊一也出聲附和。

逸歌寫的是黑色喜劇。故事主角是一位名叫山田芽衣的大學女生。她在一次偶然的機緣下中了四億圓彩券，沒想到居然兩個星期就花個精光，最後落得失去一切的下場。

「像山田芽衣的金錢觀逐漸趨於瘋狂的地方，或是她不小心讓周圍的人知道自己中了彩券，開始遇上一堆麻煩事那裡，莫名有點太寫實，讓人看得不舒服，但會去描寫人類這種幽微的心理，也很符合逸歌的風格。」

姬野的感想，把莊一想講的話全講完了。他決定把話題轉到姬野的小說上。

「要說風格的話，姬野，妳也一樣吧。妳的小說感覺不太像一般的短篇。」

「沒錯。」逸歌也笑著同意莊一，「誰想得到這種表現手法。」

姬野的小說完全只由一男一女的對話構成。而且兩人還不是面對面談話，是利用電子郵件、手寫信和便條紙這類工具間接地交流。讀者可以從文字敘述中看出故事開始於兩位主角用交友軟體聊天，不久後，兩人轉為用社交軟體的訊息互動，後來成為了戀人。接著，他們又改用冰箱上的便條紙對話，顯示出兩人開始同居，結為夫婦的過程。但先生是位軍人，時光流逝，沒多久他被派至戰地。隨著戰爭日益白熱化，送回來的消息由於通訊環境惡化每次的間隔愈拉愈長。文字呈現出兩人之間的距離愈來愈遠。

「原以為這對夫婦會就這樣分道揚鑣，沒想到最後先生回家，兩人又一起生活。故事結束在離世前的遺書，裡面寫著對彼此的感謝。看起來很像戀愛故事，但也有一種不只如此的感覺，很難分類。這種故事我還是頭一次看到，我看得很享受。」

莊一說完感想後，姬野一臉心滿意足地點頭。她剛才可能有一點緊張，先喝了口水緩了緩，才這樣回應：

「聽你這樣說我很開心。頭一次看到，我就是想要讀者有這種感覺。」

「妳能想到這種寫法很厲害，難道妳不是第一次寫小說？」

逸歌一問完，她就垂下目光盯著莊一的原稿，假裝正在專心閱讀。意思就是，正是這麼一回事。她之所以會自然而然想到寫小說這個辦法，又比任何人都早完成，這一切都有了合理的解釋。

其實莊一對姬野的小說還有很多想說的。看完故事時的那種興奮，仍讓他整個人飄飄然的。他在看逸歌的短篇時，腦中是一邊想著這是逸歌寫的故事這項事實，一邊愉快看完了。在看姬野的短篇時，一開始他也是抱持著相同的心態，但回過神來才發現，後半段自己完全投入了故事本身，是以一個讀者的立場看得聚精會神。質樸又偶爾流露幽默的文筆從頭到尾都深深吸引住他，等到看完後他才終於想起，這是姬野寫的故事。

實際動手寫過，就知道寫小說這件事暴露自身內在的程度可不是一點點而已。每敲出一個字，外層的表皮就逐漸脫落，平時隱藏起來的部分就慢慢顯露出來。

莊一迷上了姬野的故事，深受那些展露出她內在的文字吸引。他很想看更多她寫的故事。或者是，至今寫過的故事。

「莊一，你的故事偏向私小說（註）吧？」

莊一還沒來得及問她以前寫過哪種小說，姬野就先道出感想。兩人的小說都討論過了，最後輪到自己暴露內心了。

自己寫的，是在這裡的日常。一個總與他人格格不入的高中生，走進偶然發現的同好會，和在那裡相遇的兩個人建立好交情的故事。時光就在相互分享彼此對電影、小說或漫畫的感想中漠然流逝。一直到最後三頁才透露原來兩人都只是主角在腦中描繪出來的想像，最後，主角就這樣隻身離開了同好會教室。莊一如實描述出以前曾想像過一次的情況。

註：二十世紀日本文學的一種特有體裁，基於作者自身經驗，以自我暴露的方式敘述。

「那些高中生待在社辦的場景有成功呈現出歡快的青春氣息，因此結尾的那股惆悵感就很有效果呢。」姬野說。

「我們三個寫的類型都不一樣，沒辦法評定優劣，但我認為莊一的故事讀起來最流暢，我個人挺喜歡的。」

「嗯，這一點我也贊同。」

主角待在社辦所獲得的那種充實和幸福，其實完全反映了莊一自身的心境，他也是想透過這部作品向兩人傳達謝意。用嘴巴說太害羞了，寫信又過於老派，所以莊一選擇了小說。

「你放心，我們不是你的想像喔。」逸歌直直望進莊一的眼睛，語氣不帶任何嘲弄。莊一為了掩飾自己的難為情，只簡短回「說的也是」。

在寫完短篇時，莊一知道自己過去一直懷有的那種恐懼消失了。而且，這一刻他也真切感受到——這裡就是，我的容身之處。

過了一會兒，姬野一邊收拾三人的原稿，一邊站起身。

「我拿去給老師看。這樣應該就能呈現出活動內容了。我想順利的話，就可以拿到正式的同好會活動申請文件，你們好好期待吧。」

在等姬野回來時，莊一和逸歌單獨相處。莊一的思緒飄回昨天執筆時自己的感受。手指輕巧動起來的瞬間。好想快點把腦中的文字打出來，無奈手指卻跟不上腦袋的速度，就連那種焦躁都充滿魅力的時間。

逸歌似乎也在回想這兩週的寫作過程，不久後，他開口這麼說：

「我過去嘗試過各種事，都很快就膩了。不過，這個好玩。」

「嗯。一開始我很害怕，很不安，但實際動手之後才發現很有趣。」

「既然都開始寫了。要是申請通過，就繼續寫下去也不錯吧？」

逸歌轉向莊一說：

「也投稿看看好了，徵文比賽，像是新人獎之類的，應該不少吧。你不想知道嗎？自己的妄想可以在這個世界上走到多遠。」

看來他比莊一更熱衷於寫小說，而莊一也沒有理由拒絕逸歌的邀請。他是開心的。原本只存在自己腦海裡的想像，透過書寫逐步在外界創造出一個世界，莊一首度體會到這是多麼愉悅的事。他萌生了一種渴望，想要累積更多由自己產生出來的文字、對話、場景和故事。

還有，他也還想看姬野寫的故事，想觸及更多從字裡行間中浮現的她的內在。這個念頭他是絕對說不出口的，卻是貨真價實的真心話。

「久等了。」

社辦的門開啟，姬野回來了。她笑容可掬，手高舉起一張紙。

後來，三人第一次一起去外面，在學校附近的家庭餐廳開慶功宴。

在慶功宴要結束時，他們也決定了要將原稿投至何處。

三人沒等投稿的結果出爐，就接著決定要寫長篇小說。截止日是八月三十一日，這天也是暑假的最後一天。定在這天不是單純因為月底，而是新人獎的截止日期正好就在那一天。

「起承轉合、序破急（註一）、守破離（註二），還有三幕劇結構。小說好像還是有固定模式的，我們先反覆練習一下如何？」

逸歌帶來幾本他最近買的創作方法相關書籍。姬野伸手拿了一本，臉上克制不住似地浮現笑容說：

「我們三個裡面會不會有人出道當上小說家啊？那樣就有趣了，不是嗎？我們來比賽，看誰能最快成為小說家。然後呀！寫出這個世界上最完美的小說。」

在三人中，帶來大事一向是姬野的職責。莊一有種預感，自己的青春時代在這一刻，產生了決定性的變化。我們三個要寫小說。而且要投稿，期望獲得他人的認可。三人不再只是暢聊自己喜歡的小說、電影、漫畫或動畫，而是已經站到創作那一方了。

暑假頭幾天，三人聚集在社辦裡，各自打開筆電寫作。但冷氣壞了，那個環境實在令人難以集中精神，就沒人再來社辦了。原以為放長假了，大家見面的頻率會因此減少，出乎意料情況並非如此。

並沒有誰特別提議，但三人每週都會找個地方聚一次，彼此報告稿子的進展，閒聊最近看的書或電影。有時在家庭餐廳碰面，有時也會輪流在其中一人家裡集合。

最方便大家集合的是姬野家，次數自然也就比較多。姬野突然帶兩個男生回家，她媽媽出言取笑，姬野耳朵都紅了，氣鼓鼓地嘖了一聲。看見她在自己家裡最真實的模樣，令人感到很新鮮。

要是執筆遇上瓶頸，三人也會一起出門轉換心情。去沒什麼人知道、空蕩蕩的市民游泳池泡在水裡一整天。三人會比誰游得快，最慢的人在回家路上要請吃冰淇淋，這成為了他們的慣例。逸歌和姬野各輸一次，莊一則輸了兩次。

暑假結束的一週前，莊一寫完了長篇小說。分量大約是十萬八千字左右。他不知道這個字數算多還少。從閱讀上的感受來判斷的話，他感覺稍微少了點。但已經達到主辦單位對新人獎規定的字數了。

與預料相反，莊一第一個完成。他上次動作最慢飽受焦慮折磨，卻沒想到最早寫完也有最早寫完的不安。其他兩人說不定是用比自己更為深刻的態度在刻劃作品。

莊一現在有空了，一天，姬野說希望他幫忙自己在圖書館找資料。儘管三人常常聚在一塊，但仔細想想，這可能是第一次單獨跟其中一人碰面。

註一：源自日本雅樂的概念，用在戲劇或文字作品結構上時，相當於三幕劇結構。「序」相當於起承轉合的「起」，「破」相當於「承和轉」，「急」則相當於「合」。

註二：源自禪宗的概念，三個字描述出日本茶道、武道等技藝的習藝過程。「守」是遵守教條，勤練基本功直至熟練的階段，「破」是打破一些規範限制，順應情況靈活運用，「離」是超越所有規範的限制，自創一格。

姬野御用的那間圖書館位在車站共構的購物商場最高樓層，莊一也去過幾次。他提早抵達，在一排排書架之間閒晃時，雨點開始敲擊窗戶。下一次他再看向窗外時，外頭已是傾盆大雨。

「久等了。」

莊一回頭，面前站著淋成落湯雞的姬野。冷氣房裡的涼風毫不留情地襲擊她穿無袖洋裝的身體。兩人一對上眼，她立刻就打了個噴嚏。她大概是要確保飛沫不會噴到莊一或四周存放的書本，一邊蹲下一邊面向地面打完噴嚏。她完全沒發出聲音，只是身體微微向上方彈了一下。

「莊一，幫我找有關『熊的生態』的資料。」

「等一下，不對吧。在那之前妳得先擦乾身體，不然會感冒的。」

「雨超大的。是太陽雨，很漂亮。我真想描寫那種天空啊。我剛剛應該要拍照的。不對，要是拍了，說不定我就滿足了，反而不會再去回憶。還有，大家匆忙奔跑的畫面很有意思，就好像在閃躲炮彈一樣。」

姬野好像在聽莊一講話，又好像沒在聽，他脫下自己的外套遞過去，不確定這種舉動會不會過於親密，但姬野已經開始穿上外套了。她才一說「謝謝」，又立刻半蹲向前彎低，打噴嚏時沒發出聲音，只是全身彈了一下。

「妳最好也擦一下頭髮。」

「沒關係，淋雨而已。而且我正在寫的故事背景就在森林，反而有種來得正好的感覺。既然置身大自然裡，一定也會下雨吧。人類真有趣，不親身經歷一下就會立刻忘記。我好久沒有淋雨淋到這麼濕了。」

姬野拋下一句「那就麻煩你了。」便朝其他書櫃走去。看來除了熊她還找其他資料吧。

莊一先做完自己想到的一件事，才去幫忙姬野找書。他挑了三本有關熊的生態的書後，就去找姬野。他一眼就看見正穿著自己外套的姬野。她站在書架前，正在看書。

姬野注意到目光，轉向這裡。她看見莊一拿在手上的東西，驚訝似地微微張開嘴巴。莊一把熊的書拿在手上，率先遞出毛巾。

「樓下有一間便利商店。這是擦手巾，比較小條。妳先擦一下。」

「你去買的嗎？」

「反正不是偷的。」

莊一回以玩笑話，但姬野的反應很淡。她似乎還在震驚莊一離開圖書館去樓下便利商店買毛巾回來的事實。一滴水珠從姬野的髮尾尖端滴下來，落在肩膀上。

「妳不先用毛巾擦頭髮，我就不把熊的書給妳。更何況，妳要是不先擦乾，妳頭髮滴下來的水會把書弄濕，讓書受損，所以妳就用吧。」

莊一語氣堅決地再三勸說，姬野接過他遞來的毛巾。然後微微笑道：

「謝謝。」

暑假結束，所有人都完成了長篇小說。才投完稿，短篇小說的評審結果正好公布在新人獎專用網頁上。在通過初選的一百五十七人中，赫然發現三個人的名字。莊一不敢置信，重新載入網頁好幾次。結果都沒有變化。一個都不漏，所有人都晉級了。

其他兩人都沒有表現出強烈的反應。雖然並不是完全沒有一絲喜悅之情，但也沒有高興到跳起來或伸手擊掌。莊一也仿效他們靜靜品嘗欣喜。當天晚上，莊一偷偷把公布評審結果的網頁列印下來，收進抽屜裡。

到了九月底，新人獎專用網頁公布了通過複選的人選。晉級的只有逸歌，但他的名字也沒出現在決選名單中。儘管如此，莊一他們仍寫作不輟。

校慶快到了，三人盡義務般地做了一本小冊子。他們從素材網站上借用版面設計，把三人至今寫好的作品編輯成一本簡單的小冊子。他們心裡很清楚誰也不會特地跑來位處學校邊緣的同好會翻閱小說合集，因此只透過列印裝訂服務製作了最低訂購量十本。

三人輪班，由每次輪到的那個人守在同好會，其他人就各自去逛校慶。逸歌和不知何時交到的女朋友一起逛店，姬野則和朋友一起玩。莊一先去文藝社看他們展出的漫畫和插圖，又去其他班開的店買炒麵當午餐。除此之外的時間他幾乎都待在社辦，然而不可思議的，他並不感到寂寞。

到了下午，兩人都來到社辦，結果最後是三人一起過的。

校慶結束隔天，先前投稿的長篇小說新人獎公布了評審結果。那家出版社同時公布了通過初選和複選的人選。

在初選名單上出現了三人的名字。

然而，在複選名單上，只少了莊一的名字。

時序邁入冬季，在校慶前開始執筆、投稿的另一個長篇小說競賽公布結果了。莊一的作品連初選都沒有通過。當時三人已開始各自投稿其他新人獎，雖然約好在最終結果出爐前都先不回報，但看兩人的神情，莊一立刻明白他們都過關了。這次也只有自己止步於此。

社辦裡經常響起有人敲打筆電寫作的聲音。大家真的想集中精神寫的時候，就不會過來社辦，所以基本上就算對方正在寫作，要找對方閒聊也是沒問題的。今天是姬野在寫。她寫了一陣子後，喝口水，就又埋首於執筆中，簡直就像運動一樣。

莊一也早就打開了筆電，卻連一個字都寫不出來。逸歌從書架取下一本書，在沙發上看得入迷。

「你們兩個，是怎麼挑選要投稿哪個新人獎的？」

姬野和逸歌立刻停下手邊的事，看向莊一。問這個問題，就等同於承認了自己在初選落選的事實。兩人當然也都聽懂了吧。他們身體略微繃緊，思考著該說什麼才好，令人感激的是，他們只回了簡單的回答。

「我是看寫完的這部小說是什麼類型來決定，找大量出版同類型作品的地方。我每次都寫不同風格，要蒐集資訊有點累人就是了。」

確實，姬野每次都會變換類型。這次寫自己都尚未體驗過的上班族戀愛場景，下次就換去寫兒童文學中常見的冒險小說，她隨心所欲地在不同類型中跳來跳去。只要看她寫的作品，就能立刻知道她前陣子看了哪類書因而深受影響。

「我是挑自己喜歡的出版社或品牌，我又不像姬野那樣可以寫各種類型的故事。」

逸歌的作品幾乎都偏向懸疑、恐怖或推理，瀰漫著詭譎的氛圍。出場人物都各有怪癖，性格獨特，這一點很有意思。逸歌很擅長塑造出好似真有其人但其實不存在的人物。這是自己做不來的。

從春天開始寫作以來，莊一一直持續在寫青春小說。更準確地說，自己只有辦法寫這個。別說是接吻的觸感了，自己就連小手牽起來時的溫暖都沒體驗過，哪有辦法寫戀愛小說；推理小說似乎得在埋伏筆特別下工夫，自己沒信心；而自己對科學知識的涉獵又沒深到足以撰寫科幻小說。用消去法想過一遍後，自己能寫的始終唯有比較接近自身生活體驗的青春小說而已。

姬野的執筆似乎告一段落，她「嗯～」了一聲伸展身體，低聲說：

「總之，收存好了。」

「收存？」莊一問。

「哎呀，就是把放進各種靈感的故事大綱存檔而已。我只有大綱會放在需要密碼的資料夾裡。因為這個要是被人看到最難為情。」

「原來如此，所以才說收存。」

看來她今天不是在執筆，而是在擬定大綱。

逸歌闔上書，從沙發站起來。

「這方法真不錯，我也這樣做好了。對了，妳設什麼當密碼？」
「告訴你就沒意義了吧。」
「提示一下嘛，妳是一瞬間就想到了嗎？」
「對。我在這間社辦裡立刻就決定了。是活下去不可或缺的東西。總是在身邊的東西。我老是忘東忘西的，才決定用這個當密碼。」
再多提示一點啦，逸歌纏著她追問。姬野一臉不耐煩地瞪著他。莊一看著兩人互相打鬧，驀地又萌生出無謂的疏離感。這兩人未來一定會持續進步吧。每寫完一部作品，就朝三人最初許下的成為小說家這項目標扎扎實實地更靠近一步。
那天夜裡，莊一做了個夢。在社辦裡，其他兩人並排坐著正在看莊一列印好的小說原稿。不久後，逸歌嘆口氣說「只有這種程度啊。」丟下原稿。莊一求救似地看向姬野，但她一言不發地把原稿放到桌上。

莊一繼續寫小說。回過神才發現，自己兩週就寫完了一部長篇。他不知道故事是否精彩，但這個速度毫無疑問是前所未有的。自己說不定要在被焦慮驅使時，才能發揮出百分之百的能力。不希望被兩人拋在後頭的念頭，化作了強烈無比的原動力。
那一天，莊一和姬野在社辦待著。兩人一看見遲來的逸歌，都驚訝到說不出話。「嗨。」逸歌一如往常簡短打招呼，右側臉頰異常紅腫。

「你怎麼了？」

面對姬野的疑問，逸歌若無其事地笑了笑，一邊戳自己的臉頰一邊回答：

「我被女朋友甩了。她揍的。」

「你到底是做了什麼？一個女生居然揍人，事情肯定很嚴重吧？」

「怎麼說咧，感情糾紛？」

他在老位子的沙發坐下，不知道什麼緣故，從他身上感受不太到心痛之類的情緒。別說心痛了，他反倒是一臉滿足，簡直像獲得了什麼好東西一樣。聽見逸歌接下來那句話，莊一知道自己的推測沒有錯。

「原來在那種局面下，女生不是打巴掌，是會揍你一拳。這真是一個超棒的發現，很有參考價值。原本卡住的那個場景終於寫得出來了。」

「逸歌，你該不會是為了寫小說才激怒她的吧？」

「如果妳有想寫的場景，姬野，妳也會想辦法去取材吧？」

「低級。」

逸歌突然在校慶前交了女朋友，就是為了這一天嗎？就因為他想搞清楚惹火戀人時，對方實際上會做出什麼舉動？一切都只為了他想寫的場景嗎？自己可以做到這種地步嗎？莊一深受震撼，好一陣子後才發現自己陷入了沉思之中。

莊一回過神，抬起頭，正好和逸歌四目相接。

「幹麼啦，莊一，連你都要教訓我嗎？既然這樣，之後讓你們看我的作品。你們要是說故事很精彩，就算你們輸了。」

莊一回家後，就把自己寫完的那部長篇刪除了。他意識到，自己都搞不清楚是否精彩的作品，根本不可能讓其他人感到精彩。至少與逸歌寫的故事相比，自己的小說肯定差了好幾截吧。

刪掉後，莊一整個人變得像空殼一樣，內心惶惶不安，自己會不會就到此為止了，會不會以後都寫不出來了？沒想到結果與擔憂相反，一小時後，他又坐在桌前，打開筆電開始寫作。看來自己也挺瘋的。

寒假第一天，莊一他們從東京都心搭一小時左右的電車，來到一間遊樂園。一半是來玩的，另一半則是為了姬野的取材。她拖著兩人永無止盡地反覆坐上同一項遊樂設施，莊一和逸歌中途受不了了，去附近的長椅坐著休息。

走路時沒有特別感覺，一旦坐著不動就感到冷。嘴裡呼出的白色霧氣，好像也隨著時間流逝變得愈來愈濃。

買來暖身子的罐裝咖啡也快喝光了，逸歌已經在喝第二罐熱可可了。

「我們多半都是在取材，很少單純去玩呢。」

「畢竟我們三個會在學校外面碰頭，也是開始寫小說後才有的事。真沒想到我們居然會持續寫這麼久。」

「會嗎？我倒覺得就會變成這樣。寫作時那種獨特的高昂心情。把自己的想法和妄想，搭載著文字實體一點一滴輸出的感覺。這些文字觸及某個人眼睛的瞬間。只要嘗過一次這種滋味，就會欲罷不能。我們每一個都是這樣而已。」

自從第一次寫完短篇小說那天，三人就產生了決定性的改變。因為三人發現了沉睡在自己體內的創作欲望。

逸歌繼續說：

「我忘記姬野什麼時候說過，我們體內有一隻創作的野獸，有些瞬間牠會突然躍出表面。」

「創作的野獸？」

「對。牠常常餓著肚子，在完成作品時會短暫獲得滿足，但馬上又會感到飢餓，只好吃下日常生活中的大小事，設法將其轉化為創作的養分。牠壓抑不了渴望創作的衝動，願意為創作付出各種犧牲。」

住在自己體內的野獸。每當牠發狂，我們就忍不住要創作。

「當創作的野獸跑到表面時，那個人的言行就會開始脫離常識，做出他人看了無法理解的行為。現在的姬野就是個好例子。她一直坐那個雲霄飛車已經整整兩小時了。有哪個人和朋友來遊樂園玩會這樣安排時間的？」

逸歌笑著喝光手中的熱可可。

莊一試探著問：

「逸歌，你之前惹怒女生讓她揍你，也是出於相同的理由？」

「沒錯。是創作的野獸逼我做的。創作的野獸絕對不會服從。牠連飼主的手都咬，硬把人拖到外面去。」

自己體內也潛伏著這種怪物嗎？

「我並不是說我們幾個有多特別，每個人都餵養著創作的野獸。哪天正好遇上一個契機，牠就會躍出表面。渴望獲得認可，渴望獲得讚美，渴望做出好東西，渴望做出自己喜歡的東西；渴望替平凡無奇的自己創造一個存在意義。渴望在死前留下什麼東西，渴望刻劃下活過的證明。每個人都有自己不同的理由。」

不斷有遊客從莊一他們面前走過。一對夫妻帶著鬧脾氣喊著不想回家的小孩。一對情侶走路時不停變換姿勢，一下挽手臂，一下牽手。穿著制服的女學生走成一橫排。扮裝得很開心的男女四人。

望著來往的人們，「喂」，逸歌又主動開口。莊一心想，他今天話特別多。說不定是因為要是不講話，注意力就又轉回寒冷上。

逸歌的問題出其不意地直搗心底。

「你覺得姬野怎麼樣？」

「什麼怎麼樣？」

莊一立刻回答。

他暗忖，或許有點太不自然了。莊一立刻就明白，這個話題不是要用來避免感覺寒冷的。你覺得姬野怎麼樣？

從來不曾觸碰的話題，但他一直明白總有一天會觸碰到的話題。

自己是從何時開始特別在意她的？把她視作一名女性、一名異性，意識到她在自己身邊，是從多久之前開始的？

要回想起喜歡上另一個人的瞬間，就像要敘述自己作的夢一樣，並非易事；但莊一能清清楚楚地回想起那個瞬間。第一次看了姬野寫的小說那次。自己看她的故事看到入迷，藉由小說觸及到她內在的溫暖，因而喜歡上她。

「啊，抱歉。沒事。」

逸歌這麼回，莊一沒有勇氣去看他此刻的表情，也沒膽量反問。逸歌，你呢？你覺得姬野怎麼樣？

我喜歡她。要是這樣老實回答，情況會變成怎麼樣？這份關係會產生何種變化？自己不希望現在的關係遭到破壞。至少，不希望那個原因出在自己身上。

逸歌善於看穿他人。莊一第一次踏進社辦時，內心也被他看透了。儘管他嘴上沒有說，但說不定自己等同於已經回答了。變化，說不定早就已經開始了。

兩人待在姬野身邊時，莊一總忍不住想，自己跟逸歌誰更適合她？逸歌毫無疑問擁有自己缺乏的東西。對小說的執著，寫作的才能。儘管現在看起來還不明顯，但似乎終有一天會領悟到兩人決定性的差距。最近在分享對彼此小說的感想時也是，感覺上比起莊一的作品，姬野講逸歌作品的時間總是更長。寫作具有顯露自身內在的魔力。逸歌暴露出來的內在引起了姬野的興趣。

「久等了。」一道聲音響起，莊一抬起頭，是姬野回來了。大概是一直待在雲霄飛車上吹風的緣故，她鼻頭發紅，頭髮朝左右兩側亂翹。即使置身冬季，她仍是如此純真無邪又美麗。是從哪一天起，自己每天光能夠見到她就心滿意足了？

「抱歉，那邊還有一個我想坐的遊樂設施，你們兩個想怎麼樣？要繼續在這裡休息嗎？」

「再繼續待在這裡會凍死，我也去。」

逸歌率先站起身，接著回頭用眼神詢問，「你要怎麼樣？」看起來像是義務的詢問，似乎也帶了點挑釁的意味。

莊一趕緊跟上兩人。

4

高中生活的第一年畫下句點，進入春假後，莊一收到了去年投稿的幾個新人獎的講評。他想過乾脆直接扔掉別看，卻仍是下定決心看了一遍。

「文字架構條理分明，但缺乏個性。」、「基本設定和故事非常似曾相識。希望再多一些對人物的刻畫。文筆優美，洋溢著青春朝氣。」、「有幾處可見受其他作品影響的痕跡。文字流暢易讀。」、「別害怕原創。所謂原創就是把既有的東西重新組合，端看如何處理而已。文筆算是及格了。」這些評語都差不多。莊一真實感受到至少有一個人看過了自己的作品，同時也體認到自己的實力一年來都沒有長進。

春季截止的某個新人獎，三人都已投稿作品了。接下來鎖定的下一個新人獎截止日在七月。時間上有了餘裕，三人決定久違地以相同主題寫短篇。姬野選定的主題是「春天」。主題單純，就相當考驗個性和原創性了。

莊一雖想動工，但那些講評在腦海中縈繞不去，遲遲沒有進展。他硬擠出靈感的結果，是寫了一個在因為氣候變遷一年到頭永遠都是春天的世界裡逐漸開展的青春故事。一個似乎隨處可見的故事設定。小說都還沒寫完，就連他自己也曉得註定是篇平平無奇的作品。

其他兩人與去年相比都有顯著進步。逸歌在角色塑造上更具真實性，姬野雖然依然有設定奇特到無法分類的老毛病，但故事看起來更流暢了。莊一曾在文藝雜誌的名人對談上看過一句話，「短篇小說是會如實反映出作家實力的文類。」莊一與兩人之間的差距明顯拉大了。他們似乎也察覺到莊一狀況不好，短篇小說的感想分享只有寥寥幾句就結束了。

「莊一，你寫的故事，我很喜歡喔。」

姬野對著正假裝在看書低著頭的莊一這麼說。逸歌去外面買飲料了。

「莊一，你總是以溫柔的世界作為背景，來書寫身邊的故事吧？或許也有人會認為都沒有反派出場故事缺乏高潮，但我認為有這種世界存在也很好。清楚表現出你的性格，我很喜歡。而且文字讀起來很流暢。」

在兩人獨處的社辦裡，她出言如此鼓勵莊一。「謝謝。」莊一小聲回應。彷彿只要再多說一個字，自己對她的感情就會滿溢而出。

她說喜歡自己的文字。現在，要是回以同一句話，會發生什麼事呢？

「姬野。」

「嗯？」

我也喜歡妳寫的文字。

喜歡妳描繪出的故事。

一直寫作不輟的妳，我——

「沒事。」

「你幹麼啦。」

呵呵，姬野笑得似乎有些害羞，但沒有繼續追問。

開不了口，舌頭怎麼樣都動不了，莊一想像不出在那之後的劇情發展。

沒多久逸歌就回來了，宣告獨處時間結束。接下來就和平常一樣，度過屬於三個人的時光。大家打開姬野的筆電，並排坐著看電影。

莊一回家後立刻坐到書桌前。就像在發洩現實中沒能實現的某種心情似的，手指激烈地敲打鍵盤。

春假結束。莊一走向社辦，從書包中取出列印好的原稿。順利升上二年級這項事實早被他拋到腦海角落，現在滿心都只想趕快聽聽他們對這份原稿的感想。

好久沒寫出這麼有自信的作品了。原稿尚未完成，只寫到一半，但他深具信心到即使只有半成品也希望讓別人過目。他好想快點看到逸歌和姬野看完這一章後的反應。

別館靜悄悄的。畢竟才剛剛放學，不光是社辦，他說不定是第一個過來這整棟樓的。

莊一走到社辦前，裡面傳出交談聲。看來其他兩人已經到了。

他再次檢視手中列印好的原稿。沒有缺頁。錯字也盡可能都挑出來了。

他甚至還先在腦中決定好要怎麼向兩人開口，反覆想像。我寫好新作品的一章了，想聽聽你們的感想。這樣問應該行吧？兩人肯定不會拒絕的。

他伸手握住門把，就在這時。

逸歌和姬野的對話內容隔著門板傳進莊一耳裡。他沒進去，就站在原地聆聽對話。

「喂，莊一快來了。」

「沒關係吧，還沒結束。」

「不行。我不想破壞這個屬於三個人的地方，所以不可以在社辦。饒了我吧。」

「膽小鬼。」

莊一宛如觸電般瞬間鬆開門把上的手。每一次當他感受到兩人似乎在社辦裡有什麼動靜，舌頭就愈來愈乾，愈來愈麻。不久後，耳朵深處有股奇特的壓迫感襲來，他什麼都聽不清楚了。

心跳震動全身，雙臂忽然使不上力，原本拿在手中的原稿差點就掉下去了。別動，頭腦中有聲音在大喊。別呼吸、別被發現、別吞口水，不要有任何動作。

到底是從什麼時候開始的？自己完全沒有發現。

他並非毫無預感。不能說完全沒想過兩人會發展成這種關係，可是絕對沒想到會是在今天知道這件事。

莊一擺動麻木無感的雙腿，怕被發現似地悄悄從社辦門口走遠。下階梯時，他的腳步慢慢加速，整個人好像飄浮在半空中，拚命逼迫難以邁步的雙腿向前，就像在夢境中拚命逃跑時的狀態。

他跑出別館，櫻花花瓣乘風貼到臉上，這，就是現實。

枝葉換上新綠的五月，社辦裡，姬野緩緩舉起手。莊一和逸歌停下寫作的手，轉頭看向她。

「我想去爬山。」

「去轉換心情？還是去取材？」

莊一問，她回兩個都是。

「我正在寫一位少年在山上遇難的故事，但我想要更深入地描寫細節時就卡關了。只要實地走一趟，我一定就寫得出來。我肯定。」

「妳徹底被影響了，還真好懂。」

逸歌一說，姬野就難為情地坦率回「嗯」，從書包掏出一本書。那不是文庫本也不是單行本，而是尺寸和漫畫單行本一樣的平裝小說。書名是《愛著湯姆・戈登的女孩》，作者是史蒂芬・金。從兩人的對話聽起來，八成是逸歌借給她的書。這樣說起來，第一次遇見兩人時，姬野也正在看逸歌借她的史蒂芬・金的書。

「是少女在森林遇難後獨自求生一週的故事。充滿想像力，真的很棒。可能是史蒂芬・金的作品中我最喜歡的一本。總之，我也想寫這種故事。」

姬野說到一半逸歌就滑起手機，等她差不多講完時，逸歌就出示附近山區的搜尋結果。兩人的互動默契無間。

「這裡應該不錯吧？影菱山。距離算近，也不會太高，當作健行去走走也沒問題，用來掌握情境也足夠了吧？」

在地點決定後，日期和時間也迅速定案。本週六，八點在車站集合。在細節一一確定的過程中，莊一腦海裡浮現出自己等在車站，姬野和逸歌同時並肩走來的身影。

兩人沒有要向莊一坦承的跡象，莊一便也打定主意不問。但他就算逃避面對，卻也沒辦法真的當作沒這件事。不管最後是透過什麼方式，有一天肯定會知道的。兩人就是遲早會變成這種關係。逸歌擁有自己缺乏的東西。魅力和才能，也可以說是個性。莊一欠缺的那片逸歌的拼圖，和姬野擁有的那片拼圖形狀吻合。那是不屬於自己的東西，自己必須趕快想辦法接受才行。要不然，兩人很快就會發現自己的態度不太對勁。

這時，姬野想到什麼，轉向這邊。

「莊一，你可以帶數位相機嗎？我想拍很多相片。」

一個詞驀地閃過莊一腦海。支持。對，就是支持。我應該支持這兩個人。那是我的職責。他終於能夠為自己心裡的情感命名。

「我知道了，我會帶去。」

前一天下雨。莊一原以為計畫可能會因此取消，但夜裡烏雲飄離上空，隔天放晴了。三人相互聯絡過後，決定按原計畫前往。

莊一正好在約定時間抵達，姬野很快也到了。她風衣下穿的是運動服，頭上戴登山帽，背著雙肩束口袋，打扮得還挺有那麼一回事的。和姬野一比，自己穿得好像有點太簡便了。還有，她身邊並沒有逸歌的身影，他之前還擅自認定兩人會一起過來。

「逸歌呢？」

「不曉得。應該快到了吧？對了，你帶了數位相機嗎？」

莊一打開背包，把相機拿給姬野。正好在這時，三人平時聯絡用的聊天群組有一則新訊息。是逸歌發的，他說，「我睡過頭了，你們先出發。」

「他應該會坐快車追上來，我們就搭區間車慢慢過去吧。」姬野說。

兩人穿過剪票口，上了電車。正巧看到有兩個人的空位，抵達目的地前的車程就成了相機使用方法的教學時間。莊一教完一輪基本知識後，剛好到了要換車的車站。

兩人從那裡再坐一個半小時左右，抵達目的地。他們一走出剪票口，就看到正聽著音樂等候的逸歌。看來他坐快車追過兩人了。逸歌發現莊一他們走近，拿下耳機說：

「太慢了吧，你們是睡過頭了喔？」

莊一朝逸歌的肩膀揍了一拳，姬野則踢他的膝蓋。逸歌反省，向兩人鄭重道歉後，三人一起朝登山口走去。

由於昨天下雨，山路泥濘。有陽光照到的地方還算好走，陰影處不先看好落腳的地方就可能踩到爛泥巴滑倒。水珠從樹葉滑落的悅耳音色響徹四周，那是唯一的安慰了。

姬野走在最前面，屢屢停下腳步拍照，她像要淨化體內般深深地呼吸，全心全意享受健行的樂趣。

三人爬了一小時左右，來到一個供遊客休息的開闊區域。有幾名登山客也在那裡喝水吃東西。只可惜幾張木頭長椅都濕答答的沒辦法坐。濕透的落葉層層堆疊地黏在上面。

「到山頂只剩一半左右了。」逸歌說。

「分成好幾條路線。」

姬野指向附近豎立的地圖看板說。

仔細一看，的確分成三條路線。看起來每一條最後都會抵達山頂。地圖上還貼心標示出每條路線的難度。

「上面說，左邊那條路最長但平緩起伏少，適合初級者。右邊那條距離和起伏程度都適中，是給中級者走的。正中央那條距離最短，但要經過被稱為『馬背』的陡峭懸崖，是進階路線。」

現在好像還連得上網路，逸歌念出網站上導覽地圖寫的資訊。莊一和逸歌轉向姬野問，「要走哪一條？」她的取材是今天過來的目的。她思考幾秒鐘後，作出結論。

「我們三個分頭攻頂吧。這樣可以獲得更多資料。逸歌、莊一，拜託你們在路上拍照嘍。我走正中央那條，莊一走右邊，逸歌走左邊。」

「等一下。正中央那條最危險吧？我跟逸歌的體力比較好，那應該是我們其中一人……」

「你放心。而且我們三個裡面，是我穿戴得最齊全。再說，正中央應該最適合取材，景色變化看起來也會比較豐富。」

莊一不免擔心，逸歌把手搭在他肩上，搖了搖頭，死心吧，她就是這種人。

三人休息過後，就按照姬野的提議分頭行動。莊一留到最後，他注視著兩人逐漸遠去的身影。逸歌走在坡度平緩的山路上，姬野迅速爬上斜度很大的階梯、不斷前進。他很想叮嚀她「小心點」，但擦身而過的登山客向他打招呼，他便錯過了時機。等兩人的身影都完全看不見後，莊一也出發了。

第一個到山頂的是莊一。考量到三條路線的難度，最先抵達的應該要是姬野，她卻還沒到。可能是因為她過來路上一直在拍照吧。

莊一在山頂的廣場乘涼了一會，看見姬野坐在登頂紀念碑的底座。他直直走過去，在腦中想像走到一半時她轉過頭對自己說，「有夠慢的。你是睡過頭了嗎？」

久等了，莊一出聲搭話，沒想到回過頭來的那個女生是別人。她們身上穿的風衣很像，莊一不小心認錯了。莊一慌忙道歉，但女生似乎認為莊一很可疑，立刻移動到遠處。

「在山頂搭訕？你膽子變大了耶。山會改變一個人這句話說不定是真的。」

一回頭，是逸歌。他一邊試圖平緩呼吸，一邊喝水。逸歌環顧四周，莊一知道他是和自己一樣在搜尋姬野的身影。

「那傢伙還沒來？」

「可能是太投入取材了。」

「……不會連『遇難』都要取材吧？」

「你別開這種玩笑。」

莊一和逸歌看向彼此。心神不寧的沉默流過兩人之間。為了打破沉默，莊一正想說些什麼，但逸歌搶先開了口。

「再等三十分鐘，要是她還不來，我們就下去找她。應該會在半路遇上。」

「好。」

「你不要這麼擔心。她等會就會一臉若無其事地上來了。」

姬野沒有來。

兩人一邊呼喊她的名字，一邊沿著山路往下走。只有他們呼喊的回聲空蕩蕩地傳回來，沒聽見姬野的回應。

「手機有訊息嗎？」

「沒有，但有訊號。」

他們再往下走，險峻岩群映入眼底。往下一看，山壁幾乎就像一面牆，正是稱作馬背的那道懸崖。兩人特別留意潮濕的岩石，慎重踩穩每一步，仍是腳滑了好幾次。

「冷靜點，莊一。你速度太快了。」

「可是已經超過一個小時了，沒遇到她實在很奇怪。」

兩人越過馬背後再往下一看，樹林的後方，隱約可見先前那塊開闊的休息區。到現在還沒看到人，真的不對勁。

「她說不定是覺得太危險，改走別條路線上去了。又剛好跟我們錯過，現在人已經在山頂了。」逸歌說。

「那我們回山頂。」

以防萬一，兩人先走到休息區，再從那裡分頭沿著另外兩條路線上去。莊一先到山頂，逸歌遲了一點也到了。她沒有在山頂。到處都找不到她的身影。

登頂紀念碑旁的大時鐘已經指向傍晚四點半了。眼看夕陽逐漸朝山脊下沉，其他登山客也變得稀稀落落。其中一名男性看莊一和逸歌的模樣不太對勁，主動搭話。兩人說明事情原委後，男性露出莫測高深的神情，對他們說：

「應該要報警或通知消防隊。如果是馬背那條路線，就算從哪裡滑下去也不奇怪。必須要請搜救隊。」

搜救隊、報警，這些詞彙震暈了莊一的大腦。直到剛才為止，三個人明明還在一起。自己明明還看見她活力充沛上山的身影。明明應該不會出任何問題，三人在這裡會合後，回程還打算一起去附近泡溫泉流流汗的。

莊一全身僵住無法動彈，逸歌代為掏出手機，開始打電話。

隔天早上，在距離馬背崖底幾十公尺的位置，發現了姬野的遺體。

5

面前躺在棺材裡的遺體，彷彿隨時都會醒過來似的。以前在許多小說或散文裡都看過這種描述方式。在看見沉睡的姬野時，莊一終於明白了那句話的意思。

她被整理得乾乾淨淨的，完全感受不到死亡的氛圍，她沒有呼吸這件事真的叫人不可思議。她再也不會醒過來，永遠都看不到活生生的姬野了。一個念頭閃過莊一的腦海，在自己懂事前就過世的雙親，也曾一樣被整理得乾乾淨淨的嗎？

儀式結束後，逸歌在這棟建築物的入口和姬野的雙親交談。逸歌深深一鞠躬，姬野的媽媽像是想阻止他似地伸手搭上他的肩膀。接著換姬野的雙親低下頭。自己明明也應該過去那裡，雙腿卻怎麼都不聽使喚。

當廣播響起「接下來請移步到火葬場」時，莊一終究是逃跑了。

整整兩週後，莊一才終於能夠正常上學。上課，回家，最近光是這樣就幾乎耗盡他所有體力和力氣了。

他僅僅是靠近社辦所在的別館就會心悸。自從姬野過世後，他一次都沒能踏進去。失去了重要的人和容身之所，自己卻還是會肚子餓，還是會想睡覺，一到該上學的時間就會自動醒過來，他打從心底討厭這樣的自己。

那之後他也不曾寫過小說，就連寫報告都有困難。用電腦輸出文字這件事本身，就會促使莊一想起她。

創作是什麼？莊一稍微有點懂了。

創作歸根究柢就是一種奢侈品，失去從容時根本玩不起。要是有人在這種情況下依然會想寫作，那他一定不是人。

等他回過神，暑假已經過完了。暑假過後的開學典禮結束後，莊一打算直接回家。

他在教學大樓門口前的鞋櫃瞄了一眼手機，逸歌傳來了一則簡短訊息。

「我在社辦。」

莊一打開社辦的門，逸歌訝異似地從原本正在看的書抬起頭。他把書放回書架，轉回來面對這邊。

「好久不見。」莊一說。

「我以為你可能不會過來。」

自己也是這樣想的。明明一直以來連靠近別館都沒辦法，是該怎麼過去？儘管如此，雙腿卻自動邁開步伐。他說自己在社辦，就只因為這個事實，連心悸都停了。我不是人。

雖然偶爾會在走廊上擦身而過，但兩人真的很久沒有面對面好好講話了。上次說不定就是在姬野的葬禮。不，印象中就連葬禮時都沒有好好講到話。

莊一伸手輕撫擺在正中央的桌子表面，沒有積灰塵，大概是逸歌一直定期過來這裡吧？從敞開的窗戶吹進來的風不斷從兩人之間穿過。在風停下時，逸歌開口：

「我要寫。」

那就是他叫莊一過來的理由。

寫什麼？問都不用問。

連結我們的，始終都是小說。

「我只是想告訴你這件事。莊一，你呢？如果你也要寫，我會很高興。」

「……姬野過世後，我連打開筆電都有困難。報告我也是去用資訊室的電腦寫的。如果不拉開這麼大的距離，我現在連寫東西都沒辦法。」

「我也一樣。」

逸歌說著，便轉向書架，走過去把收在空位裡的那個東西拿過來。

一台筆記型電腦，粉紅色的輕薄型筆電，是姬野之前用的那台。

「這就一直擺在這裡。是看到這台筆電，才讓我想要寫作。」

逸歌把筆電放到桌上後，退開，莊一走近，忍不住伸手撫摸筆電的表面。

「要過來這裡，就花了我三個月。可是也才三個月，只不過是三個月。」

逸歌繼續說：

「姬野曾說過。這是一場比賽，看誰最先成為小說家。那個約定還沒有實現，所以我要寫。花多少年都無所謂，我會一直寫下去。」

莊一也記得。她在這間社辦說出的話。

她說，我們一定要做到！寫出這個世界上最完美的小說！

「那傢伙比任何人都熱愛小說，不能讓她成為我們遠離小說的理由。」

所以，寫吧，你也寫吧，逸歌的眼睛如此傾訴著。直到我們之中的一個人完成約定之前，都不能讓它結束。

逸歌拿起她的筆電，遞給莊一。

「這個放你那邊，這樣那傢伙也會高興。」

「我？為什麼？」

「你不知道嗎，那傢伙喜歡你。」

莊一一聽見這句話，腦中頓時浮現出某天發生在社辦的事。莊一正打算進去社辦時，兩人交談的內容。逸歌和姬野獨處的空間。他一直都沒有向兩人求證。

「我一直以為你跟姬野在交往。」

「我？」

「我曾看過你們兩個一起待在社辦，狀似親密地講話。」

逸歌似乎是在搜尋記憶，他望向天花板陷入沉思，沒多久又伸手搔搔頭，看來是沒有想起任何可能的場景。這反應和原本莊一預想的截然不同。

「我的確在這裡和那傢伙聊過幾次。因為我知道她的心情，就一直雞婆勸她應該要明白告訴你，好像因此被討厭了。」

莊一回想記憶中兩人的對話。

竟然是自己誤會了嗎？

「喂，莊一快來了。」

「還好吧，還沒結束。」

「不行。我不想破壞這個屬於三個人的地方，所以，不可以在社辦，饒了我吧。」

「膽小鬼。」

到今天之前，莊一從不曾領悟到這段對話真正的含意。是因為在講有關自己的事，姬野才會出現那種反應嗎？畢竟他們在聊的是，足以撼動三人關係的重要話題。

「總之，這個你先拿去，就交給你了。」

逸歌話一說完，便先離開社辦。獨自被留下來的莊一抱著那台筆電，好半晌都沒辦法動。

他拉開一張椅子，慢慢坐下。一直收在這裡的筆電。他掀起上蓋，嘗試按下電源鍵，電腦卻沒有開機。應該是沒電了吧。他走到原本放電腦的書架空位一看，那裡也擺著充電線。他插上電源，一邊充電一邊開機。

桌面很簡潔，只有四個資料夾。資源回收筒，和標題分別是「完稿」、「撰稿中」及「收納庫」的資料夾。莊一點開「完稿」資料夾，她至今寫過的小說又分別存放在「長篇」和「短篇」的資料夾裡。「撰稿中」資料夾裡則有兩篇寫到一半的小說，其中一個檔案看來就是遇難題材的那部小說。殺了她的那部小說。

最後要點開「收納庫」資料夾時，跳出要求輸入密碼的對話框。對了，莊一想起以前她曾經說過，存放故事大綱和靈感筆記的資料夾設了密碼，看來就是指這個。

莊一試著輸入姬野的生日。密碼不正確。資料夾裡收的是故事大綱和靈感筆記。這些素材尚未加工成具備完整故事的小說，更貼近她內在的文字，肯定就沉睡在這裡面。莊一很想親眼看一看，但密碼似乎不容易猜。

他關掉輸入密碼的對話框，打算直接關掉電源。然而等他回過神，螢幕上卻是WORD的空白頁面。這一年來養成的習慣導致的結果。每次打開電腦都是在寫小說的日子。

莊一沒有立刻關掉WORD，只是手停滯在半空中。

螢幕上顯示的WORD是直式。

她為了可以立刻動工才改成預設直式吧。莊一也是這樣，逸歌也是，三人一直都這麼做。是他們在這裡討論過後才養成的習慣。

「……啊。」

看到這個，莊一再也克制不住了。

回憶湧上心頭，眼淚止不住滾落。

他想起第一次在社辦見到她的那一天。三人聊過的許多小說、電影和故事。總是會有人冒出一句話，逗得其他人哈哈大笑，而最常語出驚人的就是姬野。

他想起姬野提議「我們來寫小說」的那一天。想起她渾身淋濕來到圖書館，自己拿毛巾給她的那一天。想起社辦裡三人敲打鍵盤的聲音不絕於耳的那些日子。想起在其中一人家裡暢聊創作理論的那些時光。想起她說喜歡自己寫的故事時的那張臉龐。無可取代的每一天，已經不會再有了。

莊一朝桌面捶了一拳，手很痛。他壓抑住聲音，發出誰也聽不見的吶喊。

在姬野死後，莊一終於第一次哭了。

莊一用姬野的電腦再次開始寫作。

在時序邁入秋季前，莊一完成了一部長篇小說。在冬季期間，他又寫了兩部。他暫時脫離青春小說，挑戰了懸疑、恐怖及推理小說，還寫了自己最喜歡的旅行小說。他像要打破過去的自我設限一樣，編撰各式各樣的故事。每寫完一部作品，他就會想，「要是姬野看了會有什麼感想？」有時，胸口會因此驀地揪緊。即使如此，他依然沒有停下創作的腳步。

又過了半年左右，春天一到，之前投稿的小說獎就寄來講評。莊一最近經常進到複選以上，有三次甚至只要再晉一級就是最終階段了。只要能抓住那個機會吸引編輯的目光，就算不能得獎，也有希望邁向出道。和她一起許下的夢想就近在眼前。就算此刻還抓不到，既然指尖觸及表面了，或許很快就能實現了。

自從那次之後，莊一不曾和逸歌碰過面。逸歌似乎也刻意避開自己。彼此已非過去窩在社辦討論作品，創作路上相互鼓勵的朋友。兩人現在是鎖定同一個目標，相互競爭的關係。自從得知姬野的心情後，莊一就決定扔掉「禮讓他人」的想法了。

儘管投稿和新人獎都有截止日期，但以作家身分出道是沒有期限的。不過莊一已經在心中定下明確的唯一期限，自己要比逸歌更早出道。因為那個目標最能激發莊一的動力，他希望率先實現姬野夢想的是自己而不是逸歌。

他一次都沒再去過社辦，在二年級近尾聲的冬季，逸歌聯絡他說同好會廢社了。理由是活動成果不透明。

再次見到逸歌，是在三年級時的六月。

即使這個時期周圍的同學都開始為升學考認真念書，莊一仍不停寫小說。上星期和班導面談時，他得知以現在的成績有大學可以推甄。聽說沒有學科考試，是改以小論文代替。雖然需要一些對策，但如果是寫文章，這三年高中生活他花在寫文章的時間可是多到令人傻眼，因此他很有信心。於是，他決定暫時把升學的事拋到一邊。

他在學校時，主要都待在本館三樓的自習室寫。他嘗試過很多地方，但只有在這裡最能集中精神。

那一天他也在自習室裡撰寫時，肩膀咚地被拍了一下。他回過頭，逸歌站在眼前。

「終於找到你了，你平常都在這裡寫嗎？」

「這裡很少有人來，我可以專心寫。」

兩人見面交談，是逸歌把姬野的筆電給自己那一天以來的第一次。對話順暢無礙，感覺不出中間隔了那麼長一段時間。兩人之間的距離沒有變化。但也有些事情明確地改變了。好久不見的逸歌戴著眼鏡。

逸歌注意到莊一的視線，帶著幾分自嘲笑著回答。

「我最近視力突然一落千丈，你也要小心，我們盯著電腦的時間肯定超過平均值。」

「你是想問眼鏡適不適合你才到處找我的嗎？」

當然不是。逸歌像要揭曉答案般，開始翻找書包。

不久後，他拿出一座外觀是透明雕像的獎盃。莊一看到底座刻的小說獎名稱，頓時理解了一切。他終究做到了。

「我明年二月出書，和責任編輯開會改稿的階段也差不多結束了。我想等確定出版後再告訴你，所以晚了。」

「……恭喜你，逸歌。」

「要不是我們還未成年，真想光明正大地喝酒啊。」

逸歌繼續說：

「筆名我想借用姬野的姓『相崎』，再從你的名字『莊一』借一個字，就叫作『相崎一歌』。可以嗎？」

「當然。」

莊一驀地想起自己和姬野跟逸歌三個人一起去遊樂園的那一天。他從那時候起就一直有種預感。無論是對小說的執著，還是寫作的才能，未來有一天，自己一定會體認到自己和逸歌之間決定性的差距，看來那似乎就是今天了。

「等你出道時，也可以把我的名字組合進去。姬野說要寫出完美的小說，比起一個人單打獨鬥，兩個人一起努力更有機會實現那個夢想。」

「說的也是，我會的。」

莊一嘴巴上雖然這麼回答，但根本毫無此意，這一點逸歌似乎也察覺到了。莊一不認為自己未來有機會寫出比逸歌更出色的作品。對莊一來說，設下期限也是為了測試這件事。

莊一回過神時，自己已經站起身了。他向逸歌伸出手。兩人初遇時，是逸歌朝自己伸出了手。這次輪到自己了。

我們的夢想就由逸歌繼承。

成功實現姬野心願的人不是自己，要說不懊惱那就是在說謊。但去細看此刻在胸中紛飛的各種心緒，「和姬野許下的約定不會無疾而終」所帶來的安心感遠比想像中更巨大。

「恭喜你，相崎一歌。」

「嗯，不過現在才是開始。」逸歌說完，回握莊一的手。

兩人約好要常聯絡後，沒多久他就離開了。等逸歌的身影脫離視線範圍，莊一的肩膀頓時一鬆。不光是肩膀，他知道全身都在慢慢放鬆。

又是獨自一人的自習室裡，莊一刪掉寫到一半的原稿，靜靜闔上筆電。

就這樣，莊一讓創作的野獸陷入沉眠。

中場

月村莊一中斷敘述，表示自己口渴。安西遞過去一瓶水，他又是一口氣喝光。

敞開的門板上響起敲門聲，安西回頭，部下站在那裡。

安西走出房間，聆聽部下報告。

「我們從月村莊一的家裡扣押了兩台筆電。一台是最近幾年推出的機種，另一台是粉紅色的老舊機種。」

機身是粉紅色的筆電。八成就是他口中那台相崎姬野以前用的，和他的證詞也對得上。

「接下來會繼續分析其他扣押品。安西長官，你這邊？」

「我要繼續和月村談。如果發現什麼線索，你再回報。」

安西結束和部下的談話，回到偵訊室。現在還沒問出關鍵資訊。安西焦急地想「得趁月村改變心意前問完」迅速回到座位。

「我們繼續說。你高中畢業後，就沒再見過柊木逸歌了嗎？」

「一次都沒見過，不過有一天他突然聯繫我。」

柊木主動的？這倒是出乎意料的回答。安西本來猜想一定是月村先去找柊木的，以為是長年累積的嫉妒，促使月村採取了行動。

看來，事情可能並沒有那麼簡單。說不定背後有更深不可測、複雜難解、扭曲的經過。一個男人囚禁另一個人，奪取其身分冒充對方。是什麼原因讓他這麼做？

「柊木逸歌是什麼時候聯絡你的？他當時說了什麼？」

「在大學畢業後，我開始上班的半年後，他聯絡我……」

月村莊一彷彿在此刻失去了專注力，開始環顧房間。安西立刻明白他在找什麼，又去拿裝了水的冷水壺和杯子過來。

他喝光杯中的水，繼續說：

「說希望我救他。」

第二章

1

「救我。」

逸歌相隔五年傳來的訊息上寫著這幾個字。莊一不假思索地把手上的手機藏到桌子下面，環顧辦公室內。他先確定上司和同事都不在附近，才又將目光移回手機。救我，他傳來的訊息依然清清楚楚地在那裡。

莊一正遲疑著不知該如何回覆時，又收到了一則新訊息。

「你現在在東京嗎？可以找個地方碰面嗎？」

莊一交替看向桌機的螢幕和手機，假裝在檢查資料的樣子，打了簡短的訊息回覆他。

「我在東京。」

「明天怎麼樣？地點隨你選，吃飯也行。」

「時間呢？」

「我配合你。白天晚上都可以。不過太早我起不來，拜託饒了我。」

「下班後我傳地點和時間給你。」

「謝謝。拜託你了。」

就這樣，對話乾脆地結束了。莊一絲毫感覺不出已經過去了五年，每次回覆時，心情都有點奇特。高中時坐在摺疊椅上和逸歌談笑的日子躍入腦海。他甚至想起椅墊舊了，椅子坐起來硬邦邦的觸感。記憶實在太過鮮明，莊一忍不住低頭確認，自己現在坐的真的是公司裡的辦公椅嗎？

「月村，辛苦了。」

莊一正要搜尋和逸歌見面的店家時，上司杉田叫了自己。他關掉地圖的視窗，回應「您辛苦了」。這位上司最近每次遇見時，都要哀嘆「白髮愈來愈多了」。

「明天晚上，部門裡的大家要去喝酒，你要來嗎？當然，不是強制參加。」

「不好意思，我有事。」

我想也是，杉田在回話時像早就知道答案似地點點頭。進公司半年來，莊一只有在第一週參加過公司內部的慶功宴或聚餐，後來每次接到邀約，他都會找理由拒絕。有時候是真的沒辦法參加，有時則並非如此。要說的話，單純找理由拒絕的次數比較多。

「我明天約了客戶。」莊一編了個藉口。

「這樣，你要寫在共用日曆上面喔。對了，最近很紅的那個，你看了嗎？重新改編的作品，出現詐騙犯和媽媽過世的女孩子的那部。」

「彼得．波丹諾維茲導演的那部，對吧？我想看。」

「真叫人期待，對不對？我也一定要看。」

大概是因為都喜愛西洋電影這項共同興趣，杉田是少數會主動找莊一講話的上司之一。杉田老是不記電影片名，總是說「那個」或「那部」來代替，完全沒有要想出答案的意思。要是杉田沒有這項壞習慣，兩人應該可以再熟絡些。

「這種看起來就很有話題性又刺激的作品，不知道有沒有機會由我們公司發行？不過，反正也是海外電影事業部負責，跟我們沒關係就是了。」

杉田環顧辦公室內。牆上密密麻麻貼滿了電影海報。那些全都是日本國內的電影。自己所屬的國內電影事業部位在的這個樓層，牆壁全覆滿了由自家公司負責發行的國內電影海報。打從進公司以來，莊一從來就不曉得這間公司的牆壁是什麼顏色。大家也不撕下舊海報，只是不斷把新電影的海報蓋上去，簡直像是只要露出一點空隙就會遭受處罰似的。

莊一剛進公司時，每次一踏進被海報環繞的走廊及辦公室，就能感受到自己置身於電影業界，內心有股自豪油然而生。不過現在，他連看都不好好看一眼海報。缺乏新意的構圖，早已看膩的出場人物配置，那些好似認為只要傳達出故事概要及片名就足以交差的設計，他早已看到不想再看。

不過最近，其中有一張海報吸引住莊一的目光。

片名是《烏鴉人的贖罪》。

畫面很單純，一個戴著烏鴉面具的人正面朝前。宣傳標語上寫著「新銳日本導演之作」，但莊一的注意力並不在那裡。只有印著「原作」的那個位置有著強大的吸引力。

「原作：相崎一歌」

逸歌出道後，主要撰寫懸疑小說，是位穩定且持續交出暢銷作品的小說家。他在不曾於任何媒體上露面，也不公開任何個人資訊的狀態下，以作家身分活躍於文壇。

他有兩本小說改編成電影。最新的第三部電影決定由自家公司負責發行時，莊一看到片名起初也沒發現原作是逸歌的小說。儘管他已經遠離小說很久了，但每次經過書店時，他都會看見逸歌的筆名被用華麗的手寫字體寫出來。

莊一讀過他的出道作和第二本小說，並傳訊息告訴對方自己的感想。後來莊一忙於準備大學的考試和玩社團，買了第三本還在等有時間要看時，第四本、第五本相繼上市，最後就追不上了。從那時起，他就有點不好意思聯絡逸歌，不知不覺中，兩人就完全斷了聯繫，而自己成了社會人士。

每次在海報或廣告上看見他的名字，莊一總會想是不是該聯絡他？但感覺上逸歌好像已經變成了一個遙遠的存在，最後他總是退縮，打消念頭。他原以為兩人大概就會一直這麼疏遠，彼此的人生再也沒有機會交錯了。

「救我。」逸歌這麼說。不管背後是什麼樣的理由，不管要花上多少時間，自己和他的人生又將產生交集。

「對了，你明天要見的客戶是誰？」

莊一沒有回答杉田的問題，謊稱自己急著上廁所，離開座位。他跑進廁所的單間，決定好和逸歌碰面的地點和時間。

隔天晚上。莊一在約定時間的十分鐘前抵達惠比壽已事先訂位的餐酒館。服務生領著他走到窗邊的座位。

他正在看菜單時，察覺到有人走近，是逸歌。

「這裡真安靜，很不錯。原來惠比壽有這種地方？」

「嗨，逸歌。」

逸歌把外套隨意掛在椅背上，在對面坐下來。他沒翻開菜單，只說「全部跟你一樣就好了。」便把點餐交由莊一全權負責。他喝了一口服務生端上的水後，像突然想起來似地開口：

「你好嗎？好久不見了。」

莊一立刻聽出他的話中不帶有任何情感，簡直就像是在履行久別重逢時，應該要打招呼的義務一樣，便忍不住噗哧笑了。兩人明明五年沒見了，相處起來的感覺卻沒有絲毫改變。他的膚色是變白晰了，身材也有些變化，但內在就還是那個逸歌。時間和距離都彷彿不曾存在，五年的空白一口氣就被填滿。一瞬間，兩人就找回高中時熟悉的感覺。

「莊一，你的爺爺奶奶還好嗎？」

「他們兩年前都過世了。我已經一個親人都沒有了。」

「這樣呀。抱歉。」

他依然是淡淡回應，莊一笑了。

「逸歌，你都沒變。」

「你希望我變嗎？」

莊一很高興自己在逸歌面前笑得出來，他看起來也沒有要怪罪自己斷了聯繫的意思。心裡不光是罪惡感和自卑，能坦然為重逢感到喜悅，這樣的自己很值得自豪。因此，莊一稍微放鬆了些。

「莊一，你在哪裡工作？」

「電影發行公司，我是行銷業務。」

「很厲害嘛。」

「厲害的是靠一枝筆就能過活的小說家吧。」

服務生過來詢問兩人要點什麼。逸歌真的全交由莊一來點餐。莊一隨意點了幾道菜，飲料先上桌後，兩人乾杯。

「因為不是我一個人的目標，所以才能堅持下來。」逸歌喝了一口後，這麼回應。

「姬野一定也會很高興的。」

「……如果是這樣就好了，我還沒能寫出這個世界上最完美的小說。」

莊一早就想過，兩人聊天時肯定會提到姬野。然而，他完全沒料到居然是自己先說起她。他早有心理準備舌頭可能會僵硬到動不了，沒想到卻意外順暢說出了姬野的名字。

這並不代表自己已經克服了過去。話說回來，這並不是需要克服的事，而是必須在往後的人生中與之共存的事，莊一在這六年中明白了這一點。發生過的事情全會化為血肉，在此刻的身體裡循環著。姬野的死對兩人人生造成的影響，時至今日也依然持續著，不會有結束的一天。

餐點依序上桌。兩人一邊閒聊一邊掃光食物。空盤被收走，加點的大杯啤酒填滿空位。

「你想點什麼都隨便點，應該可以向公司報帳。」

「這方面我不太清楚，但可以這麼隨便報帳嗎？」

莊一遞去菜單，逸歌伸手擋下表示不用。他一樣透過表情和肢體語言清楚傳達出他的意思，

「全都交給你。」

「原作是你小說的電影，這次會由我們部門發行。只要你這位原作者點頭同意提供推薦文，我今天就算是工作到了。」

逸歌一口氣喝光啤酒，把啤酒杯放到桌上，回應：

「不好意思，我沒看。如果需要推薦文，你來想就可以了。」

「那是捏造。」

「原作者都說可以了，就沒關係吧？而且你應該寫得出來很像我會說的話才對。」

明明沒見面的期間比一起度過的時光要長，逸歌卻毫不遲疑地這麼說。真不可思議，他這樣一說，莊一就有種好像真是如此的感覺。

接下來，話題轉到電影上。逸歌說自己不再侷限於黑白電影，也會看其他電影了。

「我想看那部。因為是重新改編的作品，最近有很多人在討論，角色有男性詐騙犯和媽媽過世的小女孩的那部。」

「《紙月亮》（註）吧。改編很看個人喜好，但我挺喜歡的。」

他是會好好說出作品名稱的類型，因為這樣，莊一再次發現自己現在依然很喜歡他這個朋友。為什麼沒有早點跟他聯繫呢？莊一有些慚愧。早知道兩人可以這麼自然又放鬆地談話，真希望之前就找他聊天。

不過，今天的目的可不光是回憶過往和閒聊。逸歌想見自己是有理由的。他實現了成為小說家的目標，從旁人眼中看來，人生理應是過得如魚得水，他會需要什麼幫助？

逸歌總算觸及正題，是在桌上的盤子幾乎都被清空之後。逸歌趁談話停頓下來時，緩緩打開放在隔壁座位上的背包，想取出一樣東西。他把手伸進背包後，又停下動作，先環顧四周才說「我們過去那裡」，指向最裡面的吧檯座位。

兩人在徵得服務生的同意後，就換了座位。才一坐下來，逸歌就從背包拿出來的是，一台筆電。

他按下電源鍵，在等待螢幕亮起的期間開始說明：

「我說要請你幫我。」

「對。不過老實說，我想像不出來你會有什麼煩惱。」

因此莊一並沒有自信真的能幫上忙，多半不會是和金錢或收入有關的事。照理來說，他的收入遠高於自己。莊一也想過他是不是被牽連進什麼更糟糕的麻煩之中，但實在想不到可能的答案。

「莊一，我只能和你商量，所以才找你出來。」

註：Paper Moon，一九七三年的美國黑白電影。

「那台筆電裡面有什麼祕密嗎？」

「不是，我想說直接讓你親眼看比較快才帶來的。」

莊一聽不懂他的意思。逸歌打開一個WORD檔，顯示出一個預設為直寫格式的空白頁面。

「莊一。你隨便說點什麼，什麼都可以，是個句子就行。」

「要說什麼？」

「你現在想到的話或是名詞，什麼都行。」

「……相崎一歌是小說家。」

逸歌想將莊一說的這句話打出來，伸手去碰鍵盤。

這時，奇怪的事發生了。

他的手指突然不停顫抖，開始痙攣。

唔，逸歌發出呻吟，咬緊牙關，一臉痛苦地把手指放上鍵盤。他拚命擺上去的手指仍抖個不停，只是徒然地持續敲擊鍵盤。逸歌，莊一不禁擔心地叫他，但他似乎沒聽見，仍拚了命要繼續打字。他的額頭湧出汗珠，手指的震顫現在已經一路蔓延到手臂了。

他把手指從鍵盤拿開，痙攣才逐漸消退。逸歌抹去汗水，把剛才打的一行字轉過來。

「ㄒㄒㄒㄒㄒㄒㄒㄒㄒㄒ相崎一一一一一歌是消說家佳佳佳佳」

那實在無法稱為一個句子，頂多是把許多文字排成一行。看不太出來意思，選字也錯誤百出。

莊一啞口無言，逸歌自嘲地笑了。

「我只要想寫東西，就會變成這樣。我去看過醫生，醫生說是一種易普症（註）。不管我用哪台電腦試都一樣不行。」

「……寫作的易普症。」

「你這個講法很到位，就是這麼回事。我最近光是看到文字就會發抖，根本沒辦法好好看文章，一下就會不舒服。」

所以剛剛他才不翻開菜單嗎？因為上面有文字。因為就算上面有文字，自己可能也看不懂。

「我很清楚原因，因為上一部作品被批評得很慘。我一直跟自己說不要在意，結果還是變成這樣，這件事我還沒告訴任何人。」

逸歌關掉WORD檔，直接蓋上筆電。

無法寫作的小說家。

那就是他的煩惱。

註：主要是指職業運動選手身體不受使喚，譬如手臂或肌肉發生不受控的抽搐、顫抖或僵硬等，無法做到自己想要的動作。

「逸歌，我不是醫生，找我商量也不能讓你復原。」

「我不是希望你治療我。那個我自己會想辦法。有可能馬上就會痊癒，也有可能一輩子都是這樣。我苦惱的是，在痊癒前我沒辦法寫作。沒辦法繼續當小說家。還有，沒辦法實現和姬野的約定。」

逸歌說：

「所以莊一，你願意代替我寫嗎？」

小說家相崎一歌需要幫助。能拯救他的人只有莊一，同時，現在這個世界上唯有自己知道他的祕密。莊一設法在腦中釐清情況時，逸歌又緊接著說明：

「我希望用口述記錄的方式，請你把我說出來的內容打成文章。時間都配合你。一個星期幾小時，或是只有週末過來。」

「等一下。就算你突然這樣說——」

「我會付謝禮。」

「不需要那種東西。更重要的是，我也不曉得自己能不能幫上忙。」

「可以吧。在我認識的人裡面，你的文筆最優美。」

那是高中時的事了。自從上大學後，自己一次都不曾寫作。而且話說回來，口述記錄跟文筆是否優美又沒關係。莊一明明想到無數可以反駁的理由，那些話卻都卡在喉頭，終究沒說出口。

「不能寫作的小說家就沒有價值。我要是不能繼續當小說家，我們就無法達成和姬野約定好的目標了。我討厭那樣，我不想讓姬野難過。」

他不經意地用了「我們」這個詞。就好像他們無論如何都是命運共同體一樣，就好像表示，從一開始就不存在拒絕這個選項。

三人中有人成為小說家，然後寫出完美的小說。莊一不曾忘記她的話。那比從任何人身上獲得的愛都更深刻地刻在心底，直到現在也一樣。

「你考慮看看，我先回去了。」

逸歌闔上電腦，站起身。只留下一句「謝謝你這一頓。」就走出店外。莊一沒有追上去。

莊一拿起不知何時端上的水杯，一口氣喝乾，過了一會也離開店裡。結帳時店員問他是否需要收據，結果他拒絕了。

莊一回家後，查了一下逸歌說遭到嚴厲批評的上一部作品。他在上網搜尋，螢幕立刻顯示出書名《她與愛的一切》。這個書名很難和逸歌聯想在一起，莊一不由得再細看了一次，這真的是他寫的書嗎？

莊一再去看網路書店上的評價，一整排都是低分。他沒有進一步去找內容簡介，但文案上大大寫著「相崎一歌的首部戀愛小說」。逸歌可能有什麼想法才會挑戰新類型吧？

書封折口也有作者簡介，上頭有他的經歷，出道年和作品名稱一起列出。在那本書上市的八個月前，自己放棄了寫作。再往前倒帶大約一年，姬野過世了。

莊一洗完澡後，眼睛盯著正在播新聞的電視螢幕，腦中卻在反覆回想自己和逸歌的對話。尤其是他最後的那句話，不想讓姬野難過，一直震撼著他的內心。實現和姬野的約定，這份責任，說不定自己還能盡上心力。他躺在床上，一次又一次喃喃念著她的名字。那一天，莊一沒睡好。

隔天早上，他又淋浴了一次，然後傳訊息給逸歌。

「要從什麼時候開始？」

2

逸歌住的那棟公寓大廈和莊一家在同一條線上，莊一抵達逸歌傳給他的地址花的時間比去公司還短。真是想像不到，超過五年未見的朋友居然就住在這麼近的地方。

莊一踏上散發著整潔氣氛的石砌入口處，按下房號跟對講機。一道明顯是剛起床的慵懶聲音回應後，門就開了。

莊一搭電梯上了七樓，朝鋪著地毯的走廊最深處走去。逸歌住在邊間。莊一不知道為什麼想起了自己走向那間同好會社辦的身影。

莊一才剛按下電鈴，逸歌就立刻開門迎接。他的頭髮亂得很誇張。一撮撮髮尾翹向四面八方，每次逸歌轉動脖子，頭頂那束向上翹的頭髮就會或左或右地傾倒，宛如生物般擺動著。他身上完全沒有半點幾天前夜裡兩人在外頭碰面時的光鮮亮麗。

「進來，我帶你去書房。」

行經走廊時，敞開的衣櫃躍入莊一眼底。橫桿上只掛著三件和逸歌上次穿的那件一樣的夾克。看來他只要外出全都用同一套打扮應付，真的是一點都沒變。

最先映入眼簾的客廳寬敞到可以容納下莊一住的套房。他沉默地跟在逸歌後面向前走。轉了一個直角後就是廚房，兩人穿過廚房，又繼續在走廊上前進。左右都有門，逸歌一邊介紹右邊是廁所左邊是浴室，一邊朝裡面走去。走廊盡頭有一扇門，是開著的。那裡就是他的書房。

「我平常都在這裡寫稿，所以希望之後也可以在這裡工作。裡面的所有東西，你都可以隨意用。」

一整面牆的書架又讓莊一想起那間社辦。這間房無論大小或形狀，感覺上都和那裡極為相似。一看見矮沙發，莊一終於確定自己的猜測是真的。莊一刻意走近確認，逸歌說那張沙發通常是用來小睡。

和社辦最大的不同之處是寫作空間。L型的寬闊桌面。有扶手的椅子。正在等候運轉的桌機。鍵盤跟無線滑鼠。其餘地方都堆滿了書。還擺著幾張CD。旁邊就是一套立體音響系統，看得出他經常使用多年了。

逸歌拉開椅子叫莊一坐下。莊一躊躇著，他就一言不發地靜靜等待。莊一沒轍，只好在小說家相崎一歌的椅子坐下。椅子比外觀看起來還要軟，身體整個沉下去，椅面貼合身體。

「坐起來舒服嗎？你要是不喜歡我馬上換一張。」

「我不知道。好像是不錯，但也有種靜不下心來的感覺。電腦也好，這張桌子也好，一切的一切對我來說都太高級了。」

「你要拿出架勢來。從今天起，你就是這裡的主宰者。」

莊一笑著回，你太誇張了。逸歌已經伸手去做下一件事了。他一開啟電腦的電源，螢幕霎時亮起，下一個瞬間就出現了WORD的空白頁面。一切都準備就緒了。

「與其說是主宰者，我感覺上更像是掌舵手。」

「觀察前方的工作就交給我吧！」

啪，逸歌拍了下莊一的肩膀，便走開了。背後傳來他在附近沙發坐下的聲響。莊一明白，終於要開始了。

自己是為了幫助相崎一歌才會出現在這裡。儘管心裡很不安，不曉得事情是否會順利，但很不可思議的，手指自動被鍵盤吸過去了。從這一刻起，故事就會在自己眼前一點一滴地誕生。

「這次要寫的是雜誌上的短篇。小說名稱叫作〈灰人〉。在講一個有奇特習慣的日本人調職到美國鄉村生活的故事。不會很長。一開始我們慢慢來就好。等你準備好了，就告訴我。」

「……我準備好了，隨時都可以開始。」

莊一在腦海中想像一艘小木筏。自己和逸歌兩個人乘上木筏，要朝大海啟程。眼前是看不見盡頭的一片汪洋，只有逸歌知道要前往何處。莊一要遵照逸歌的指示，用不熟練的動作設法揚起帆。

「『菅原搬到新罕布夏州的朴次茅斯半年後，得知周遭的鄰居幫自己取了個外號叫作灰人。』」

開始了。

莊一集中精神。逐一將逸歌的話打成文字。他在打完這句話前就一連打錯了好幾次。好不容易完成一整句後，莊一示意，下一句立刻又開始了。

「『他會獲得這個外號的原因是他總穿著灰色的衣服。不管是烏雲密布的陰天，還是汗水直流的炎炎夏日，他一年到頭必定都穿著灰色衣服。』」

莊一仔細聆聽。敲打出文字。手指好僵硬，沒辦法隨心所欲地移動，又打錯了。也不知道有沒有選到正確的漢字。第二句花的時間比第一句還長，自己向他道歉，逸歌笑著這樣回：

「你別在意。錯字會在作者校對時修正。至於漢字有沒有選對，或者要用漢字還用平假名，這些都等全部寫完後再回頭看。沒問題的，我們一定做得到。會愈來愈有默契的。」

他這些話稍稍紓解了莊一的壓力。

莊一一邊轉動肩膀一邊深呼吸，重新調整心情。他先將雙手握拳再鬆開，重複三次這個動作。手指沒有剛才那麼僵硬了。應該可以。

莊一轉向逸歌，點頭，再次開始。

「『他不穿白色衣服。』」

打成文字。

「『也從不穿黑色衣服，或者其他顏色的衣服。』」

打成文字。

「『這是因為一個全世界最悲傷的理由。』」

打成文字。莊一仔細聆聽他的話，敲打出文字。文字組合成單詞，又堆疊出句子，逐漸形成故事。等莊一注意到時，手指已然放鬆了。

撐開的帆迎著風，木筏終於啟航了。

兩人完成一個段落後，已經是晚上了。逸歌編撰文字的速度漸漸慢了下來，沒多久就徹底中斷了。幾乎在同一時間，莊一也耗盡專注力，把手指抬離鍵盤。

他推開椅子站起身時踩到了一個東西。是空的披薩盒。看來是兩人午餐時吃的那個披薩。他就連自己是幾點吃的，吃了多少都想不起來了。

莊一開始做伸展運動，逸歌走近書桌，看向WORD裡打好的文字，詫異般微微笑了。

「好厲害。還真的行得通。」

「這樣大概是五千五百字。和一般的寫作步調相比，果然還是稍微慢了點。」

「不，很夠了。我沒想到一開始就能寫這麼多。」

「等習慣以後，速度應該可以再加快。」

「太棒了。」

逸歌雙手拍了一下，這一刻，他才第一次顯露出強烈的情感。他應該也一直很不安吧。看得出來他正逐漸放鬆。這個方法很順利。小說家相崎一歌可以繼續創作故事了。

「謝謝，拜託你果然是對的。」

「不是我也可以吧，只是把聽到的內容打成文字而已。」

「不，只有你可以，這對相崎一歌而言百分之百是私人問題。我可以商量、可以拜託的人，只有了解我的你而已。」

逸歌沒向任何人透露的祕密。

只有自己知道的，小說家相崎一歌的真實樣貌。

「你不用感謝我，我是為了你和姬野。」

「你下次什麼時候可以過來？」

「週末我基本上都有空，明天也沒問題。」

兩人當場決定莊一隔天也過來，今天就先到此為止。逸歌送他到一樓大門入口外面。

莊一轉了個彎，等看不見逸歌的身影後，朝天空大大呼出一口氣。晚風冷卻了發熱的身體。

一種許久未曾品嘗到的高昂情緒，手指逐漸變得輕盈的那種獨特寫作狀態。

儘管自己只是從旁協助逸歌，可是今天，自己參與了創作的一環。時隔五年的創作。和完成公司工作時的感受果然不同，這種渾身舒暢的心情是沒有任何東西可以取代的。

莊一也不管自己不是毛頭小子了，像要釋放掉過多力氣般一口氣跑到車站。原本已冷卻的身體又再次熱起來。好像變成有兩顆心臟似的，可以無止盡跑下去。

接下來的這段時間，莊一頻繁前往逸歌家。他並沒有花太多時間，就完全習慣了協助相崎一歌寫作的任務。

差不多兩個星期後，兩人都抓到了口述記錄的訣竅，現在一天可以完成的分量甚至是第一天的兩倍。那天開始動筆的短篇小說〈灰人〉也接近完成了。

不光是假日，就連平日下班後，莊一只要有空就會過去逸歌家。先花大約兩個小時寫稿，在他回家前兩人會一起吃晚餐，這已成了他們固定的一套流程。逸歌不開伙，全都是叫外送，莊一對此並無不滿。他們在吃飯時聊天的話題幾乎脫離不了最近看的電影和有趣的小說這類跟故事相關的主題，再不然就是聊起過去的回憶。

「當時每天都絞盡腦汁在想，主角的動機是什麼？這個故事的主題是什麼？這個場景有必要出現嗎？這個結尾對嗎？這個故事有意義嗎？每一個問題都要在未知中摸索。好像在尋寶一樣，很好玩。」

逸歌的這段話，莊一也深表同意。

「我們還會看電影加以分析。如果那部電影符合了三幕劇結構，還要去想現在是在那個階段。我們三個的想法不一樣時還會吵架。」

引發爭吵的那部電影的名稱，莊一和逸歌都記得。兩人異口同聲說出片名，一起笑了。

然而，只要聊起高中時的快樂時光，不可避免地就會提起姬野。在那間社辦裡渡過的歲月，總是有她在。隨著和逸歌共進晚餐的次數愈多，姬野出現在話題裡的次數也就愈多。

吃完晚餐後，兩人又回去寫稿。今天的計畫是要再多寫一點，結束在一個完整的段落。逸歌說，這週內短篇小說應該就會完成了。莊一點頭。決定故事的目的地的人是逸歌，何時結束航程也掌握在他手裡。

莊一像平時一樣坐到位置上，把手擺上鍵盤，準備就緒。逸歌在後面很放鬆似地躺在沙發上，在腦海中組織文字。這是彼此都已習慣的場景。

至今的寫作過程都很順利，但此刻莊一在敲打出一句話時忽然感到不對勁。

「『關掉檯燈。他決定，今天要自己過。』」

莊一在打字時，手指驀地停住。有什麼東西阻止了自己。莊一一開始並沒有意識到那是什麼。

「怎麼了？」逸歌發現莊一停下動作，出聲詢問。

「……不，沒事。」

莊一打完整句話。這時，他終於明白。令自己感到不對勁的是，這句話的平衡感。

『他決定，今天要自己過。』

這樣的確也看得懂。但如果是自己的話會這樣寫：

「今天，他決定要一個人過。」

差異很細微，但這樣寫自己才有感覺。這裡想要突顯的是主角的孤獨，以及他並非完全抗拒這種狀態的心境。

逸歌似乎注意到莊一的不對勁，背後傳來他從沙發爬起身的聲音。
「你發現有哪裡不對嗎？」
「我只是剛吃飽飯有點睏，我再集中精神。」
聽見逸歌又躺了回去，莊一不由得鬆口氣。下一刻他立刻驚覺，自己剛才為什麼會馬上找理由搪塞？
不管怎麼說，這是相崎一歌的故事，不是自己創作的作品。句子也必須是相崎一歌的句子，所以這裡的寫法就是要這樣才對。沒錯，莊一這麼說服自己。自己只需要把逸歌的話打成文字。只有這樣，這就是自己的職責。
但隨後繼續寫作的過程中，那一行文字果然始終縈繞他的心頭。不管他多麼努力想拋開這個念頭，思緒一定又會繞回那件事上。那行文字對莊一而言就是一根扎在手指上的刺，卡在齒縫中的食物殘渣，走路時鬆掉的鞋帶。
「今天就到這裡好了。」
逸歌從沙發上起身。莊一也收工，關掉電腦電源，從椅子上站起來。在這一連串動作的過程中，他依然猶豫著是否該向逸歌提議要修改。那並非錯誤寫法，只是一個很普通的文章修改提議。是超出自己職責範圍的行為。
「我沒有一天不想那件事。」
「咦？」

由於滿腦子都是那行文字，莊一一時之間沒聽懂逸歌的話。逸歌杵在原地，動也不動。

「如果我沒有選那座山，如果是我走中間那條路線……」

那件事，是在指姬野的意外過世。

「還有日期也是，改天就好了。不要在下雨隔天去，等天氣更好的時候再去就好了。」

「逸歌，你這樣想不對。照你這樣說，我也有錯。誰都有錯。」

即使莊一出言安慰，逸歌仍垂著頭一直沒抬起來。簡直像是整個人的意識和身體全都回到那一天的隔天一般，深深陷入沮喪。

「你真的那樣想嗎？話說回來，那真的是一起意外嗎？」

「你是什麼意思？」

莊一看不透逸歌的想法。他想表達些什麼嗎？如果那不是一起意外，又會是什麼？莊一不願繼續往下想，也不願說出口。

可是只要自己不開口問，這段對話就不會有進展，他只好不情願地發問。

「逸歌，你該不會認為她是被殺的吧？」

「我不是這個意思。但就某種意義上來說，或許的確是這樣。」

「我愈來愈聽不懂你在講什麼了。」

「你記得姬野為什麼說想去爬山的理由嗎？」

到那一天為止的所有事，莊一全都能清晰憶起。他看向一整面牆的書架。小說、故事，無論何時都在我們身邊的東西。

「是要去取材。姬野想寫主角在山上遇難的故事所以才想實際去爬山。」

「對，去當地靠自己的五感取材。姬野就是這種性格。」

他想表達的意思，莊一突然就懂了。

「……你是要說為了取材嗎？你認為姬野是故意讓自己遇難的？」

「你能斷定絕對不可能嗎？」

「不可能，為取材而死，這太沒道理了。死了就不能寫了。」

「你那是結果論。她的計畫可能是自己主動遇難，暫失消失，最後再平安歸來。一切都是為了創作。」

「就算這樣，那也是一起意外。」

「不，害死姬野的是野獸。」

野獸，這不是第一次從逸歌口中聽見這個詞。莊一沒想到時隔五年後還會再次聽見。逸歌口中的野獸，並不是指棲息在森林裡的熊或鹿，而是無時無刻都存在於內心，靜靜等待出擊時機的一股飢渴衝動。

「是創作的野獸啊，莊一。」

莊一回家後，直接走到壁櫃前。拉出收在裡面的收納箱，拍掉灰塵，打開塑膠蓋，伸手進去翻找。裡面幾乎都是一些從老家帶來後就沒用過的小東西。

莊一找到夾雜在其中的托特包，把它拉出來。與記憶吻合，一打開托特包，裡面就是那台他要找的筆電。

粉紅色筆電，姬野以前用的那台，她的遺物。開始一個人生活時，下意識一起帶過來的。

電池當然沒電了。這台和自己現在用的筆電同規格，可以用自己的充電線充電。在一邊充電的同時，莊一打開電源，等待電腦開機。

出現在螢幕上的桌布是一張相片，游泳池畔，穿著制服的女學生用腳尖挑起水花。就如同當時一樣。桌面上只有幾個必要的圖示，資源回收筒的資料夾，一個完稿和一個撰稿中的資料夾，再來就是她提過用來保存靈感、上鎖的資料夾，總共只有四個。

莊一點選上鎖的資料夾，跳出輸入密碼的對話框。一個只能用半形英數字輸入的視窗。

姬野，莊一輕聲低喃她的名字，手機回應似地響了。他跳起身，低頭一看，是逸歌打來的。他回神，這時才終於發現自己連房間的電燈都沒有全部打開。

他一邊朝電燈開關走去，一邊接起電話，逸歌說：

「要寫推薦文。」

「推薦文？」

「電影場刊上要放的推薦文。對方上星期就開始催了，聽說明天是截稿日。平時很少打電話來的窗口有點著急。」

他就像在說別人的事情一樣，平淡地陳述事實。

「那就寫啊？」

「你忘了嗎？我沒辦法寫字。」

莊一一邊回「對响」，一邊開燈的瞬間，電燈亮光迎面射來，視野只剩下一整片白。朦朧白光沒有立刻消失，莊一有些站不穩地回答。

「到明天幾點？」

「我希望在傍晚前收到。上限三百字。」

「還是乾脆現在在電話裡寫完？逸歌，你說，我幫你打字。」

「不。全部交給你，可以嗎？」

視野才剛恢復正常，莊一就因這句話受到強烈的衝擊，差點又要站不穩了。

「你是叫我自己寫完？」

「第一次碰面時我也說過了吧？莊一，如果是你，應該能寫得很好。」

明天傍晚前交三百字。不是為自己而寫，是為別人，還是暢銷作家的電影場刊推薦文。自己真的做得來嗎？莊一焦慮到立刻打開WORD檔。直式的空白頁面出現在螢幕上，他才發現自己現在用的是姬野的筆電。他立刻關掉，闔上電腦。

「你別期待太高。」

莊一掛上電話，拿出自己的筆記型電腦就要動工，卻連一個字都寫不出來。只不過三百字。明明是連一張稿紙都填不滿的字數，卻完全不知道要寫什麼好。

結果，莊一把推薦文的工作帶到了公司。中午，他終於寫好了，用電子郵件寄給逸歌。

莊一正要開始午休時，逸歌回電了。為了接電話，莊一趕忙跑到廁所。他在心裡嘀咕「明明就可以用郵件回我」，但對逸歌來說用講的大概比打字更有效率。他最初聯繫自己時的那些訊息，究竟是花了多少時間打出來的？

「我看過了覺得很好，就這樣寄給窗口。」

「郵件裡的文字呢？要我來寫嗎？」

「沒關係。雖然會花點時間，但郵件我應該勉強還寫得出來。對了，你今天有可能過來嗎？」

「今天可能要比平常再晚一點。晚上九點左右。」

「明天是星期六，你乾脆直接住我家好了。晚餐我可以點外送，你有想吃的嗎？」

「除了上次吃的少數民族料理以外都可以。那個太難以下嚥了。」

逸歌笑著回「我同意」，接著就掛掉電話。廁所裡的莊一又回到一個人的狀態，滿滿的疲憊忽然襲來。他使勁扭開水龍頭，洗把臉。

寫出來了，你寫出來了，你化身相崎一歌寫了一篇文章，而且大家都會相信。沒有人會懷疑那是你寫的。

短篇〈灰人〉完成時，剛過半夜一點。兩人走出書房，在客廳舉杯慶祝。然後，逸歌開始說明之後的工作流程。

「這週末重新看一遍原稿後，就把初稿寄給責任編輯。如果沒有問題，編輯會把原稿寄回來給作者校對。檢查原稿時也需要你幫忙。等檢查完再寄回去，這份工作就算結束了。」

「這個和職業作家一起工作的經驗真寶貴。」

莊一回應時，那一行字又躍入腦海。『他決定，今天要自己過』。死心吧。別再想了。已經結束了。完成了。

「小說家會分職業還是業餘的嗎？」

逸歌的聲音令他回神，莊一強迫自己把注意力放回眼前的談話。

「有啊。把寫小說當工作，那就是職業的。」

「這樣說起來，莊一，你也是職業的了。」

「我不一樣，我只是從旁協助。」

自己現在處在什麼立場？自己的價值究竟是什麼？一直到不久前，自己還是一個能在工作上接觸到喜愛的電影幸運的普通上班族。現在，自己已經在幫忙職業作家寫作。時隔五年再次寫作。如果用文字敘述出來，其實只是這樣而已，然而這個事實此刻占據了腦海。

「下次是長篇了。」逸歌說。他沒有面向莊一，而是注視著盛著紅酒的酒杯。

「我不能疏忽公司的工作，之後不知道能不能順利擠出時間。」

「那樣也沒關係，總比沒辦法寫好多了。你有空時再過來就行了。」

「現在先好好完成這篇短篇吧。」

莊一迴避給予明確的答覆。逸歌似乎也發現他是用這種方式在岔開話題，並沒有再往下說。自己應該繼續參與下去嗎？還是應該到此為止？莊一沒辦法立刻判斷。為了逸歌和姬野，他是想協助小說家相崎一歌的。

但他有股預感，要是繼續下去，自己的內心會產生決定性的變化。無法用言語形容的某種東西，促使自己的立場和價值觀轉變的契機。

莊一此刻正站在那條邊界線前面。只要跨過那條線就無法回頭，再也沒機會重來了。只要答應了逸歌，自己就會跨過那條邊界線。

說不定還有其他形容方式。那可能是一扇門，可能是一道牆，可能是一座牢房。如果不是自己這種冒牌貨，而是真正的小說家，大概就能說出更貼切的形容吧。

「為了明天，今天就早點睡吧。」

莊一先離開客廳，走進逸歌說他可以使用的客房。他一夜無眠，就這麼到了早上。

他在客廳泡咖啡時，聽見書房有動靜，走進去，逸歌正在列印原稿。逸歌說，用紙本比較不容易漏看，更容易發現錯字。

莊一接過那疊列印好的直式原稿。他許久未曾感受到這份重量了。這上面的文字，各種描寫及編撰出的段落，還有最後完成的故事，都是經由自己的手才誕生在這個世界上的。

莊一坐上寫作用的椅子，逸歌也坐在平常那張沙發上。工作進行的方式是，莊一逐字唸出原稿，逸歌如果有想要修改的地方就講出來。莊一一開始語速太快，後來慢慢調整到適當的速度。逸歌有意見的地方，他會立刻用紅筆標註，再修改原稿的檔案。

快唸完整份原稿時，那一行字又擄獲了莊一的注意力。『關掉檯燈。他決定，今天要自己過。』自己只負責唸出來，只要把上面寫的內容唸出來就好。

「關掉檯燈。今天，他決定要一個人過。」

說完了他才發現，猛地屏住呼吸。

那句話就這麼自然而然地從自己口中溜出來，莊一一瞬間甚至都沒意識到那是已經改寫過的文字。

但逸歌什麼都沒說。他似乎沒有發現。

就這樣若無其事地繼續下去，好嗎？如果要老實承認道歉，就是現在了。很簡單，只要說自己唸錯了就行。如果要回頭，現在就是最後機會了。說啊。快點說。在唸到下一句前快糾正錯誤吧。之後一定會發生不好的事，所以，趕快。

「怎麼了？下一句呢？」

莊一繼續往下唸。

唸稿結束後，莊一逐一根據修改過的地方調整初稿檔案。改到最後，莊一終究是改寫了那一句話。他在自己後悔前把檔案寄給責任編輯。在逸歌的委託下，這封郵件的內容也是莊一打的。螢幕上顯示郵件已送出後，莊一悄悄鬆了一口氣。

他拒絕逸歌一起吃晚餐的提議，在週日傍晚走出逸歌家。他走去車站的路上，一次也不曾回頭看向逸歌的公寓。

今天，他決定要一個人過。

兩週後，逸歌聯繫莊一表示作者校對稿寄來了，隔天週六早上，莊一前往他家。莊一穿過一樓大門，決定今天是最後一次來這裡。

兩人一碰面，逸歌就遞來印有出版社商標的信封。裡面是校樣，上面用鉛筆標註了錯字、錯誤寫法和綜合性建議。莊一知道作者校對這個用語，但從逸歌口中聽見這個詞，再把校對稿實際拿在手中，是生平頭一次。要回應標註出來的錯誤以及調整建議時，常規是要用紅筆。

莊一代為唸出寫上修改建議的部分，逸歌躺在沙發上聽。莊一改的那句話並沒有紅字。

莊一按照逸歌的指示用紅筆回應，逐一檢查作者校對稿。這項工作耗費大約三小時完成。午休後，兩人最後再重新看一次校樣，就把校樣裝進信封裡準備寄回去。下次再看到這篇短篇，就是刊登在雜誌上的作品了。

工作結束了。離開這裡吧，不要再來這個房間了。

自己冒充了小說家「相崎一歌」。莊一想趁逸歌發現自己的背叛前跟他拉開距離，不想破壞兩人的友情。他希望維持這份關係的美好。他想擺脫那個克制不了自己的欲望，失控做錯事的卑鄙自己。

「我差不多要回去了。」

「吃個晚飯再走吧，我也想跟你討論之後的事。」

莊一停下腳步，回頭看向追上來的逸歌。

他心想，如果要把話說清楚，就該現在說。

「我仔細考慮過了，我覺得我就幫忙到這裡比較好。」

「為什麼？」

「我還要兼顧工作，最近其實都在硬撐。實際做了以後我才發現，自己沒辦法永遠幫你。我明白你為易普症所苦，但你或許該找其他方式來設法克服。」

「你不再過來了嗎？這就是你的回答嗎？」

逸歌灰暗、低沉的聲音幾乎要令莊一心虛，但他不會改變想法。逸歌向自己求助，自己已經回應過那份期待了。

「抱歉，逸歌。我也有我的人生要過。」

「……這樣。」

莊一轉過身朝門口走去。逸歌跟了上來。他可能還想說些什麼試圖改變自己的心意。不管怎樣自己都必須拒絕，離開這裡。要是繼續待在這裡，自己似乎會因為扛不住罪惡感而坦白一切。

莊一穿好鞋子，站起身，轉向逸歌要道別。

「逸——」

那瞬間，劇烈麻痺感竄過莊一全身，肌肉僵硬，無法動彈。他名字才叫到一半，上下排牙齒咬著舌頭沒辦法分開。

他搞不清楚發生了什麼事。伸向門把的手臂痙攣，怎麼樣都彎不了。就像是一個隱形巨人伸手從上方往下壓似地，莊一膝蓋一軟就摔倒在地。他一陣噁心，麻痺感遲遲沒有消退。

「真遺憾，但你的回答是什麼並不重要。」

逸歌低頭向下看，開口說。莊一看見他一隻手裡抓的物品，才恍然大悟自己遭到電擊了。

逸歌說著又打開電擊棒的開關。由於通電聲「啪滋啪滋」作響，莊一幾乎沒聽清楚逸歌說的話。

「可以的話我是不想用，但幸好我事先準備了。這是國外進口的，威力強大。我用自己實驗過，一次就昏倒了。我還準備了其他道具。晚點給你看。」

莊一，他喊自己的名字。莊一。喂，莊一。

「我接下來要囚禁你，但我希望你明白，這是為了我們三個的必要措施。」

驅使他的唯一衝動。

每個人體內都有，潛伏在牢籠裡長年餵養的東西。

「從今天起，你要代替我繼續寫下去。」

3

莊一醒來時人躺在地板上。他撐起身體，發現這裡是書房。自己怎麼會睡在這種地方？記得原本是在協助逸歌寫稿？現在是休息時間嗎？逸歌人又在哪？

不對。寫稿已經結束了。莊一環顧房間，看到第二圈時，他才終於想起睡著前發生的事，自己是昏過去了。

他想站起身，才發現右手被銬上了手銬。手銬上鐵鍊的另一端固定在身側書架旁邊的金屬零件上。莊一輕輕拉了一下，金屬零件文風不動，他有種自己成了書架一部分的感覺。

「你醒了，我想說你差不多該醒了。」

門開了，是逸歌。他手裡拿的不是電擊棒，而是一瓶水。

「逸歌……」

「我想你應該口渴了，就拿過來。」

莊一的喉嚨確實乾渴得要命，但現在這種事根本不重要。必須趕快從這種奇怪的情況回歸正軌才行。

「拿掉這個，逸歌，就算是開玩笑也太過分了。」

「我沒有在開玩笑，我是認真的。」

莊一隱約察覺到了，但他仍舊忍不住這麼要求。莊一暗自期待逸歌會說「嚇你一跳了吧？不好意思，這也是在取材。」然後立刻把手銬取下。但無論過了多久，這件事都沒有發生。

「你真的瘋了嗎？」

「沒有，我很正常。我希望你今後也待在這裡。」

逸歌把那瓶水滾過來。莊一又更渴了。水裡該不會加料了吧？他雖有疑慮，但最後還是無法抗拒地撿起那瓶水。他用被銬上的右手拿著想要喝，但手銬卡著手沒辦法自由活動。最後他把水換到左手，一口氣喝完。喉嚨似乎比想像中還要渴。

背後熱熱的，一回頭，陽光從窗簾縫隙透進來。這是早上的太陽嗎？還是——？

「從那個時候開始，已經過了十五個小時以上。現在是早上十點。」

逸歌看出莊一內心的疑問主動回答。一天？這麼久？

「你睡得很熟喔，還打呼。工作很累吧。」

屁股、大腿根部、膝蓋，還有腰部。莊一只要一動，就渾身都痛。看來真的是睡了一天。

「逸歌，你現在立刻拿掉這個，讓我回去。」

「當然，寫稿時我會拿掉。畢竟手銬一定會造成妨礙。」

「我不是在說這個。就算你是朋友，這也是不被容許的行為。這是犯罪。」

「居然說『容許』，你不是在用這種像作家會用的稍難字彙嗎？」

「你給我認真聽！」

我在聽啊，逸歌驀地湊近莊一。後者被他的氣勢壓倒，頓時說不下去。

「沒錯，你說的對，這是犯罪，但我不會停手。那一天，當我在惠比壽的餐酒館外面看見待在店裡的你時，我就下定決心了。」

逸歌從莊一手中收走空寶特瓶，走遠。他隨手將空瓶扔進沙發附近的垃圾桶，從長褲口袋掏出鑰匙。

「我剛剛也說過了，寫稿的時間到了。你睡飽了吧？如果還需要什麼東西，你就說。我會準備。」

外頭的空氣、自由、失去的一天，一旦開始列舉，根本沒完沒了。但要是回嘴，逸歌只會開心地認為「看來你恢復精神了」吧。

莊一才動一下右手，地板上連接書架和手腕的鐵鍊「鏗啷」地發出沉甸甸的聲響。此刻束縛住自己的是，書架上數量龐大的小說。它們所擁有的重量。

「接下來是長篇。故事大綱四個月前就完成，企畫已經通過了。只剩下寫出來。故事大綱的內容我會分享給你。現在只先簡單說明概要。書名叫作《假面宅邸》。主角是一個大學生。他接到新朋友邀請，造訪一座稱為假面宅邸的豪宅。條件是，待在那裡的期間要拋棄過去的一切，連名字都要改用假名。換句話說，就是要捨棄自己，變成另一個人。在那個會員制俱樂部裡，主角與小時候的好朋友重逢。書名目前還只是暫定，這個名字說明的意味太強了。忘記哪本書中的誰說過，一個好書名是八成要讓人能推測故事內容，剩下兩成則要能夠誘發想像力。我也這麼認為，所以這個書名還會再琢磨。好，我們回到故事本身——」

莊一坐上椅子，等著逸歌開口。他放在鍵盤上的右手擺脫了手銬，但那個束縛自己的鎖只是移到了左腳踝而已。鐵鍊另一端則固定在桌腳。

開頭第一句話，逸歌足足花了大概二十分鐘。第一句話最重要，同時也是最耗費體力的瞬間，這一點莊一也很清楚。高中在社辦寫作時，三人經常聊到這件事，對此都有共識。第一句話是讀者和作家相遇的第一行文字。現代社會的娛樂選項遠多於過去，有些讀者甚至看了第一句就會闔上書。因此，必須在這裡就抓住讀者的心。抓住，關起來，緊緊逮著，直到結束前都不放手。

故事終於開始從逸歌口中創造出來。莊一逐一將它們化為文字。儘管兩人做的事和之前一樣，但現在其中蘊含的意義及背景已截然不同。

不過，莊一發現自己儘管遭到囚禁，打字的速度卻沒有慢下來，動作反倒更為洗鍊。暫時擺脫手銬獲得自由的右手，正在鍵盤上方輕盈舞動著。

「逸歌，我想去廁所。」

莊一站起身想休息一下，腳銬上的鐵鍊立刻發出聲響宣示存在感。

逸歌為了打開腳銬蹲到莊一身旁。「要不要用膝蓋狠狠頂他那張臉？」的念頭在莊一腦海一閃而過，但一瞥見逸歌長褲口袋鼓脹的形狀很像電擊棒，頓時就遲疑了。要是反擊的時機慢了一秒，說不定會被剝奪更多自由。

逸歌分別在他自己的左手和莊一的右手銬上手銬，兩個手銬由鐵鍊相連。莊一前腳走出房門，逸歌當然也跟著後腳出去。由於鐵鍊卡著，廁所門沒辦法完全關上。

「你別往壞處想，這是為了寫出完美的小說。」

逸歌的聲音從關不緊的門縫中侵入。要是一對一單挑，莊一或許有勝算。雖然他對自己的運動神經並沒有自信，但對手可是成天窩在家裡的作家，出其不意下手說不定會有機會。然而逸歌都事先準備好電擊棒、手銬和鐵鍊了，難保沒有藏著其他道具。

「明天我要是沒去公司，同事會因為我翹班起疑的。」莊一說。

「沒問題。我會處理。」逸歌只是簡短回答。

即使上完廁所，莊一仍沒打算開門出來。逸歌似乎也發現到這一點，但他並不作聲。他在用沉默催促莊一自己出來。

莊一心想，這是懲罰。自己改了他的原稿。沒能克制住一己私欲。當時自己的注意力都放在壓抑衝動上，要是那時能更留心其他方面，或許就會察覺到逸歌的不對勁。

自己借用他人名義進行創作。聽從赤裸裸的欲望，玷汙了等同於他靈魂的原稿。從那一瞬間起，一切全都扭曲了。這就是報應。

莊一遭逸歌囚禁已過了四天。他持續打出原稿。除了吃飯睡覺以外的所有時間幾乎都被寫稿填滿。這次的步調比短篇時更快，第一章眼看就要完成了。

「『在這座宅邸，我終於找到自己。』」

打字。

「『待在這裡的期間，也不需要在意他人的眼光。』」

打字。

「『然後，她擄獲了我的目光。』」

打字。每日每夜，莊一吸收逸歌的話語，再用的自己手打出來。

莊一聽著聽著，漸漸發現他的文筆及句子結構有一定的規則，就像是一種習慣。如果是描寫人物行為這類平淡的場景，自己之後說不定可以提早寫出來。

莊一在書房時身上會有手銬或腳銬，除此以外的時間像上廁所或在客廳用餐時，就是和逸歌銬在一起生活。晚上鑽進鋪在書房裡的被窩睡覺。逸歌外出時也一樣，莊一就會被關在書房裡。

莊一曾試圖要從窗戶逃出去，但固定在書架上的金屬零件用黏著劑加強過，他沒辦法把鎖拆下來。就算他嘗試用手銬的金屬部分去割，但金屬零件毫髮無傷。莊一不死心，用力拍打窗戶，結果被逸歌發現，用電擊棒電暈過去。

逸歌大概是想要磨掉莊一逃脫的意志，自那一次起，他就會定期讓莊一嘗一嘗電擊棒的電流竄過全身的苦頭。有時一天只有一次，也曾一天多達四次。每次逸歌用電擊棒前都會簡短致歉說「真抱歉」，這點讓莊一很火大。他那種態度簡直像在說，自己只是遵照別人的指令完成工作而已。不管被電擊多少次，莊一始終都無法習慣。

第五天早上，開始寫稿前，莊一向逸歌抗議。

「我已經說過很多次了，我現在這樣是無故翹班。不聯繫公司會出問題。」

「沒問題。我已經聯繫過了，你現在正因為身體不舒服請假。」

「什麼？」

「我去你家，用你的電腦寄出電子郵件。如果只是簡短的內容，雖然要花上一點時間，我還是寫得出來。」

他之前偶爾外出就是因為這個緣故嗎？錢包和手機全都被他沒收了。看來在莊一偽裝成相崎一歌時，他也冒充了自己。他奪走莊一的人生，徹底取而代之。

接著，逸歌拿出剛寄到的雜誌樣本給莊一看。一共寄來三本，雜誌封面上寫著他的筆名和短篇小說的名稱。

「上面有登我們一起完成的〈灰人〉。你看。」

莊一接過雜誌翻開，找到刊登短篇小說的那一頁。上面有幾張身穿灰衣男人的插畫，幫助讀者想像故事內容。直到一個月前，還只存在於這個房間裡的故事，如今卻經由雜誌傳播到了全國各地。然而莊一的行動範圍卻與向外界不斷擴散的故事相反，處處受限，現在只剩下這間公寓裡的一個房間。

莊一找到那句話。「今天，他決定要一個人過。」墨水沒有暈開，白底黑字印得清清楚楚。莊一闔上書頁，正在翻同一本雜誌的逸歌看來並沒有留意到他的舉動。話說回來，他以那種速度翻書，根本就沒有在看內容。

「這次的成品會是書。我們完成的故事會變成單行本擺在書店裡，這次說不定就能寫出完美的小說。」

完美的小說。

寫出這種作品是和姬野的約定，同時，也是逸歌做出這種行徑的理由。

莊一放下雜誌問：

「完美的小說，到底是怎麼樣的小說？是指故事精彩絕倫嗎？」

「不是那種表面的東西。那當然也是一部分要素，只是『精不精彩』這種事原本就很主觀吧。所有人都一致認為精彩的小說是不可能存在的。」

那麼，逸歌想達成的目標是什麼？聽了姬野的話後，他如何詮釋「完美的小說」這幾個字？他不惜囚禁朋友也渴望寫出的小說究竟是什麼？

逸歌把手上的雜誌直接塞進垃圾桶，他的興趣已經不在自己過去的作品上了，接著朝莊一笑笑，用曉以大義的溫和口吻對他說：

「為一個人的人生帶來決定性轉變的小說。在看過那本小說之前和之後，他所看見的世界將截然不同，而且再也無可逆轉。我認為那就是完美的小說。」

能使人生產生決定性轉變的小說。他口中的轉變是指帶來正面的影響，還是負面的？莊一沒有勇氣問。

「……你用這種方式在寫小說，你認為姬野會高興嗎？」

「高興啊，她一定會高興的。」

逸歌拿著腳銬走近。

「來，今天也來寫稿吧。」

逃脫機會突然降臨。

那發生在兩人於客廳吃完午餐後。莊一他們一邊讓鐵鍊在桌上甩動，一邊品嘗外送的泰國料理。

「『泰國，曼谷的，創作料理，品項豐豐豐富，齊全。』」

逸歌唸出放在裡面的宣傳單。寫作的易普症似乎仍影響閱讀能力，他唸得結結巴巴，宛如進行復健的口吻。即使如此逸歌也沒有逃避，認真看著宣傳單上的文字。

「你要理解文字有多困難？」莊一問。

「我並不是完全看不懂。只是在看的時候，就會想到寫作時的畫面，然後就會不舒服。只要沒意識到寫作，要看多少都沒問題。」

看來是逸歌的大腦拒絕各種和寫作有關的行為。對一個作家來說，沒辦法寫出文字，就等同於折斷他的雙手，所以他才會需要莊一的手。

「創作料理，嗎？說起來創作到底是什麼啊？」

逸歌說：

「你認為人類是為了什麼而創作？人類又是從何時開始創作的？欸，莊一，你怎麼想？」

莊一稍微思考片刻，正要回答，但在他開口前，逸歌已經又往下說。看來他並不是真的想知道自己的答案。

「莊一，我每次在發想故事或寫作時，都會想起你。」

「想起我？」

「對，就是所謂的目標讀者。每次想起你的臉，遇到瓶頸的地方就會突然順利解決。你擁有我沒有的東西，從高中時我就一直有這種感覺。人生中就需要這種朋友。」

擁有自己沒有的東西，這種心情正是自己高中時面對逸歌的感受。

這時，逸歌從座位站起身。莊一像被迫拉起來般，也不得不站起來。逸歌說了句「廁所。」就要朝走廊盡頭走去。莊一當然也跟上去。逸歌納悶地注視著一同站起身的莊一。下一刻他才想起來般低頭看向用鐵鍊相連的手腕，他好像忘記了。

從這時起，逸歌開始出現一連串出乎意料的行動。他一臉不耐煩地抓抓頭，接著快速取下自己手腕上的手銬，改銬在廚房下方收納櫃門的把手上。

莊一看著逸歌就這樣走出客廳，獨處的時間就在毫無預期的情況下突然降臨。

自己逃得掉嗎？這說不定是個好機會？

在逸歌的身影消失後，莊一為了以防萬一又多等了幾秒鐘才展開行動。有沒有什麼方法可以拆除銬在把手上的手銬？

他不經意看向水槽，發現那裡放著一瓶洗手慕斯。說不定可以派上用場。他伸長了手，鐵鍊敲到水槽的邊緣發出巨大的金屬撞擊聲。莊一慌忙縮回手，轉頭看向走廊。事跡敗露了嗎？

在確定逸歌沒有回來後，莊一又伸出手，按下洗手慕斯的壓頭，擠出一團泡沫，泡沫在手心中漸漸消融。他把泡沫抹在銬著手銬的右手腕上，使勁拔出手銬，但沒有成功。皮膚和手銬之間的摩擦力，沒辦法用泡沫輕易消除。

莊一打開廚房下方的櫥櫃。他在心裡祈禱會有食用油，但裡面幾乎是空的。不僅沒有調味料，連把菜刀也沒有，只是盡義務似地擺著米袋。

莊一放棄，正打算把滿是泡沫的手腕洗乾淨時，才發現一瓶洗碗精。莊一因自己的愚蠢嘖了一聲。你是白癡嗎！明明就放在洗手慕斯旁邊！為什麼沒一開始就用這個。

他擠出洗碗精，全部淋在手腕上，然後皮膚和手銬相互摩擦的不適感消失了，他試著輕輕拉動手腕，感覺比剛才好。

這次他認真要拔出來，鐵鍊撞到水槽哐啷作響。他趕緊轉開水龍頭，用水聲蓋過去。快點。趁他回來以前。

咻，手銬終於從手腕滑出來了。洗碗精差點讓手銬滑下去，幸好在它掉到水槽底部前接住了。

莊一讓水龍頭的水流個不停，下一個目標是通往玄關的走廊。廁所在有書房的另一條走廊上。趁他發現前逃出這裡。

莊一打開門，在昏暗的走廊上前進。背後的客廳似乎隨時都會傳來逸歌的聲音。令莊一畏懼的怒吼聲在腦海中響起。喂，你要去哪裡？你別以為自己逃得了，要逼我再弄昏你嗎？

終於來到玄關前面時，莊一停下腳步。

門把附近裝著一個沒見過的機器。他一碰到那個小鍵盤，就證實了自己不好的預感，上頭顯示出需要密碼的已上鎖畫面。全身血液倒流。明明自己一開始來時，這裡並沒有這種東西。

「那個是市面上賣的，沒想到自己就能裝了。」

莊一回過頭，一旁櫃子的門開了，逸歌正要從裡面出來。

他不是去廁所了嗎？莊一後退一步，手撐在牆上。由於雙手滿是洗碗精，在牆上滑了一下，整個人差點失去平衡。

「你水開得那麼大，也就聽不見我的腳步聲了吧。我躲在這種地方是有點壞心，不好意思。不過因為這玩意的充電器就是放在這個櫃子裡。」

逸歌邊說邊取出電擊棒。「住手！」莊一忍不住大叫。自己來到這裡後，心中第一次萌生出恐懼。瘋了。這傢伙瘋了。他已經不是我認識的逸歌了。

為什麼會變成這樣？為什麼自己會落得被朋友囚禁的下場？好想趕快回家。好想回四處貼滿了無新意構圖的電影海報的那間辦公室上班。

開關已打開的電擊棒抵上莊一的脖子，全身痛到好似要四分五裂般，他立刻倒在地上，心裡想著讓我回去。拜託，你就答應吧。

莊一還沒辦法正常呼吸，第二下就又來了。這次輪到右肩。

「你聽好了，你不要再想逃出去的事。這可是背叛。不光背叛我，也是背叛姬野。我不想要討厭你，所以給我回去。回去那個房間！回去！回去！回去！」

第三下，第四下，還不停。逸歌嘶啞吼著什麼，但莊一聽不懂。他只想早點解脫，只能在心中祈求早點暈過去。到了第五下，意識終於遠離。

莊一被銬上鐵鍊，又被送回了牢房裡。

莊一做了一個夢，關於一段往事的夢。

他參加公司會議，上司宣布《烏鴉人的贖罪》已確定由自己部門發行上映的場景。負責這個案子的是比自己大兩歲的前輩。當莊一得知不是由自己負責時，著實鬆了口氣。他當時以為自己是因為負責原作改編電影責任太大心裡感到不安，但其實不是。在夢中，他不知為何忽然想通這件事。

他想避免的是，自己因為參與那部電影的工作，體認到自己和逸歌的立場有多大的差距。逸歌比自己更成功，更接近三人所描繪的理想，莊一不能忍受要被迫看清這項事實。

上司繼續發言，語氣鏗鏘有力，「《烏鴉人的贖罪》這部作品的收益很值得期待，我希望整個部門全力以赴。」莊一感覺自己像是公司的叛徒，他立刻努力忘卻這種心情。

場景轉移到回家路上的車站前。莊一看見一家書店，卻沒打算進去。他不再進書店，並不是因為找不到有意思的小說或工作太忙沒空看書這種理由，而是因為會看到他的書。就連拿來當作理由都令人感到悲慘，再明顯不過的自卑感。然後，莊一——

「你差不多該起來了。」

一道聲音響起，接著是一樣物品被放在枕頭旁的聲音，莊一終於醒來。

旁邊放的是莊一平常在家用的那台筆電，他知道是逸歌去拿過來的。

「早安。」

逸歌朝莊一遞來一杯咖啡。莊一接過咖啡杯，手腕上沒有手銬，鐵鍊換到左腳腳踝了。踝骨會卡住，要用物理方法拿掉又更難了。靠洗碗精滑脫這種方式已經沒用了。必須要有自己砸碎或折斷腳骨的覺悟。但就算拖著腳走到玄關，那裡還有逸歌裝的鍵盤鎖在等著。逃脫的路都被斷了。

莊一接下的杯子飄出咖啡香氣，令他頭腦徹底清醒。就在這時，逸歌開口說：

「我已經幫你辦好離職手續了。合約之類的文件最近也全都用電子檔，很輕鬆。這下你就不用再擔心公司的事了。」

「你究竟怎麼辦到的？居然本人一次也沒露面就可以離職。」

「我聽說有代辦離職這種服務，就用看看。」

看來他已經打點好一切了。為了證明自己沒在說謊才特地把筆電拿過來的嗎？

莊一裝作若無其事地繼續啜飲咖啡，他又繼續往下說：

「我在壁櫃裡的收納箱找到姬野的筆電。」

「……你連那種地方都找？」

「我認為由你保管比較合適才把她的筆電交給你。高三時你都用那一台寫作吧？」

「畢業後我就沒寫了。」

其實是從逸歌率先以作家身分出道開始。逸歌獲得新人獎後，莊一看到他的獎盃上刻的「相崎一歌」這幾個字時，自己的夢想就在那瞬間破滅了。

「你還真的都沒寫。」

「第一次碰面時我就是這樣說的吧。」

自己真的這樣說嗎？已經想不起來了。與逸歌在惠比壽的餐酒館重逢時的對話，感覺已經是好久以前的事了。沒有遭到囚禁，還保有身為人的尊嚴的日子。不，就算是那時候，自己真的作為一個人好好活著嗎？如果有人問「那不是每天忙於完成例行工作，宛如行屍走肉的生活嗎？」時，自己有辦法立刻否認嗎？

「我不再寫作。上大學後也沒再用過那台筆電，所以才收到那裡。」

「但你現在正在寫。」

那是別人的原稿，相崎一歌的原稿吧？幾乎要衝出口的話，又和咖啡一起嚥下肚。

「曾經有人說過事情只要過去就全是一種比喻。」

逸歌打開電腦電源，拉出收在書桌下方的椅子等莊一過來。這種生活等未來回頭看也成了一種比喻的日子會到來嗎？

莊一在椅子坐下，將手指放到鍵盤上。背後傳來逸歌坐進沙發的聲音。以前他曾將這種情況譬喻成航海。如果現在要用不同方式形容，莊一想到的是鋼琴家和指揮。自己遵照逸歌的指揮忠實演奏。稍一不小心就會產生錯覺，誤以為手中正在彈奏的樂曲簡直像是自己創造出來的一樣。

「『逃脫宅邸的過程中，回過神，自己和她一直牽著手。』」

打字。

「『奔跑時，兩人的氣息重疊了。』」

打字。

「『被雜草絆到鬆開手後，誰也沒有說話，只是立刻又把手牽起來。』」

打字。

接著，下個瞬間，鋼琴家的手指停住了。

「『終於逃出大門外。心情舒暢無比。』」

又來了。莊一立刻明白。那種衝動又來了。

偷偷逃離宅邸，終於跑出大門外時的這段描寫雖然無損故事走向，可是莊一認為，這個場景的描述應該要有更多情緒。逸歌淡淡描述情境的文筆讀起來確實順暢，也流露出國外冷硬派小說的冷調氛圍，不過在這裡卻造成了反效果。這裡應該要更深入挖掘出場角色的心情才對。

「莊一？」

怎麼辦？應該告訴他嗎？

老實說出自己的想法怎麼樣？逸歌說不定會接受，他或許會理解這個故事不該用這種方式繼續下去。

他認為更加理解長篇小說《假面宅邸》的是自己，自己看過故事大綱，也是自己實際移動手指，把故事一個字一個字敲打出來，讓故事存在於這個世界上的。那就是自己的責任。

「莊一？」

逸歌叫了第二聲，莊一才終於回過神來。

「沒事。」

不對勁，這種事不對勁，我到底在幹麼？

為什麼要擔心別人的原稿好不好，現在該想的明明是盡快逃出去的辦法。此刻最重要的明明是奪回遭囚禁前的原本生活才對，才不是什麼修改原稿，做這種事有什麼好處。

自己難道打算一直在這裡待到這部長篇完成為止嗎？不，難道不止這部長篇，還想待上更久嗎？太奇怪了。這種事情絕對不對勁。是因為時不時就被電擊棒電暈，抵抗的意志都喪失了嗎？

都是因為待在這裡害的。是因為和逸歌一起待在這間書房，一切才變得這麼奇怪。果然還是必須離開這裡。早一天也好，早一個小時，早一分鐘，甚至早一秒都好，必須盡快離——

「逸歌，我可以提出一個想法嗎？」

「怎麼了？」

「這裡的寫法，逃出大門外時的地方，再稍微加強情緒描寫怎麼樣？我覺得讀者可能會想再知道多一點主角的心情。」

「我看看。」

逸歌走近，直盯著桌機的螢幕。他的眼睛上下滑動，莊一知道他正拚命讀著文字，追蹤文字的流動。逸歌在確認內容時，莊一正拚命隱藏自己內心的困惑。自己到底在幹麼？為什麼要向他提議？想法跟行動根本不一致，對不上。有種控制權被奪走的感覺。是誰在支配自己？

「莊一，我明白你的意思，但我不想讓這裡的文字節奏慢下來。」

「……啊啊，說的也是。」

「主角的心情就在其他場景深入描寫好了。但是莊一，謝謝你。如果你還注意到其他事，隨時告訴我。」

「好。」

可能是認真看文字消耗太多體力，逸歌用手指按住眼角，走回沙發。對話結束讓莊一鬆一口氣。

稍事休息後，逸歌又開始編撰故事。莊一敲打鍵盤，將故事一一化為文字。移動手指的這個意志真的是屬於自己的嗎？莊一沒有信心。不確定這一點令他感到恐怖，後來就決定放棄思考。

莊一從被窩爬起來，打開電燈。牆上的鐘顯示時間是深夜兩點半。他睡不著，隨意從書架上取出一本書讀了起來。

但才看了幾頁，思緒就開始飄遠，難以理解文字的意思了。明天還要寫稿。感覺比當上班族時更累，體力一天天消耗。得早點睡才行，卻睡不著。理由很明顯，那句話，那一行字。

莊一打開房間的電燈，轉向方才一直避免看到的桌機。他一看見，就立刻行動了。

他走近書桌，拉出椅子坐下。一按下電源，電腦就立刻啟動，螢幕亮了起來。莊一轉頭看了眼房門，逸歌並沒有醒過來。

他點開WORD檔，把頁面一直往下拉，一直拉到才剛打完的那一頁，找到了那句話。

「終於逃出大門外，心情舒暢無比。」

莊一把擾亂自己心緒的那一行字全部刪除。

然後加上了新的句子。

「跑出大門外，我們望向對方，彼此臉上都已經沒了面具。氣喘吁吁，心情卻反而舒暢無比，感覺還可以一直跑下去。」

反正逸歌又不會發現。上次也是這樣，沒問題的。

莊一一打完就立刻發現，自己心裡的罪惡感並不如上次強烈。別說是罪惡感了，甚至有一種向逸歌抱了一箭之仇的痛快。他身為小說家，沒有比這更具殺傷力的報仇了。逸歌害自己身陷這種處境，這是應受的懲罰。沒錯。這是懲罰。他遭到報應是應該的，自己沒有錯。

莊一迅速存檔，關掉WORD檔，又關上電腦。關掉電燈後，他一鑽進被窩，立刻就有睡意了。

莊一一覺安穩地睡到早上。

逸歌有個習慣，他前一晚就會把隔天早上要拿出去丟的垃圾先放在客廳角落。明天好像是丟一般垃圾的日子，袋子裡胡亂塞著一堆不需要的日用品或文件。莊一看見垃圾袋裡還有原本裝在玄關門上的那個鍵盤鎖時，差點忍不住停下腳步。為了避免引起逸歌的注意，他裝作沒看見，直接走到餐桌坐下。

「長篇的撰稿也很順利，已經寫到一半了。我真不敢相信我們居然可以用這種速度工作。今天也來喝幾杯吧。」

逸歌打開不知何時補貨的葡萄酒。那瓶葡萄酒是在莊一遭囚禁前，兩人試飲多款後買來的酒，最終獲得兩人一致喜愛的牌子。

逸歌不只會出去買酒，莊一知道他其實還出門不少次。可能是他厭煩了每次出去都要在鍵盤鎖上按密碼吧？既然恐嚇自己的目的已經達成，那也就沒有用處了嗎？還是，他是為了確定自己是否還有逃脫的企圖，才故意把鍵盤鎖放進垃圾袋讓自己發現的嗎？從他的個性來看，可能性最高的應該是後者。

是因為長篇進展順利讓他心情大好嗎？逸歌轉眼間就喝光了三杯酒。在他差不多醉了時，莊一心想，說不定真的單純是他大意了？

莊一用銬著手銬的手為他倒葡萄酒。逸歌一邊喝第四杯一邊問。

「莊一，你認為小說的優勢是什麼？在這個充斥各種娛樂的現代，什麼是只有小說才能提供的價值？如果只是想看有趣的故事，看漫畫、電影、遊戲或動畫就行了啊，你會怎麼反駁這句話？」

「……有些文字只能在小說中品味到，也有些故事只有小說家寫得出來。小說可以細緻地描寫出場角色的心情。」

「確實是這樣沒錯，可是這理由並不充分。這樣一來，小說會遭到淘汰的。」

逸歌的手碰到玻璃杯，杯子差點倒下去。在千鈞一髮之際他自己及時抓住了。他臉頰並沒有紅暈。雖然臉上不顯半分，但身體卻失去平衡開始左搖右晃。他還毫無意義地笑了，但那雙眼睛中依舊散發著身為小說家的光亮。對話暫且持續下去。

「逸歌，我記得高中時你說了性價比。與其他媒體相比，小說價格便宜卻能享受更長的時間。」

「嗯，那個想法到現在也沒變，而且高中時你就已經說出答案了。」

莊一搜尋記憶。眼前的典雅桌子逐漸變成了社辦裡那張乏味的桌子。自己坐的木椅變成了折疊椅。轉向廚房，那裡是社辦的窗戶。吹進來的風搖晃著窗簾。從書架上飄來成排書本的味道。

「因為會激發想像力。」

「就是這個。」

莊一說出答案，逸歌神情高興地向他點頭。他舉起酒杯，一口氣喝乾了第四杯。這時莊一才終於要喝完第一杯。現在的話，自己說不定可以制伏他。怎麼辦？要動手嗎？

「一個是畫面，另一個是接收故事的速度。在這兩件事上，消費者總是被迫必須面對主從關係。比方說漫畫，既然有圖，畫面就已經固定了。換句話說，在畫面這點上，消費者是處於從的位置。但翻頁速度可以由消費者控制，所以在速度上他們是主。」

逸歌帶著舒適的微醺說：

「至於電影呢？畫面已經被影像固定住了，消費者處在從的位置。鏡頭不斷切換，場景也會自動轉變。就連故事的行進速度都不在消費者的掌控之中，所以在速度上也是從。雖然有快轉或倒轉幾秒鐘的功能，但電影在製作時並沒有考量這些，因此這裡我們就不予考慮。」

小說家通常都是孤獨的。不曾獲得滿足，所以才渴望訴說。

「遊戲因為本來就有畫面了，消費者是從。速度大致上可以調整，因此在這裡算主，接下來就是小說了。只有小說，消費者在兩方面都能站在主的立場。不僅畫面交由讀者發揮想像力創造，就連閱讀的速度也可以由讀者決定。小說的優勢就在這裡。借用你的話來說就是，小說是允許想像的媒體。」

逸歌打算為自己倒第五杯酒。這次，他終究是把葡萄酒倒到杯子外面了。

莊一從座位上起身，幫忙擦拭桌面。逸歌的手連動都沒動，只是瞇眼盯著天花板的燈光。手上還握著那支酒瓶。

「不好意思，我就睡個十分鐘。等我醒來我們再聊一下。明天就休息好了。你還會待在這裡吧？」

莊一一瞬間聽不懂逸歌問題中的含意。待在這裡，好嗎？這是自己可以選擇的嗎？他的判斷力是沉到葡萄酒瓶瓶底了嗎？

莊一半信半疑地點頭，逸歌解開手銬，改銬在一隻桌腳上，就走進寢室去。莊一從頭到尾都啞口無言地看著他。他真的如此愚蠢嗎？他這樣做，自己只要稍微把桌子抬高，就能輕易擺脫手銬的束縛。還是這也是陷阱？其實桌子有特殊加工，沒辦法輕鬆抬起來？

過了一會，從寢室微微打開的門內傳來逸歌的鼾聲。音調和節奏並不規律，有時沉穩，有時他會大聲呻吟。這實在不像是演技。

莊一抓住桌子的邊緣，想要抬起來。桌子與他的懷疑相反，輕輕鬆鬆就抬起來了。明明是自己抬起來的，卻對這份輕易感到難以置信，忍不住笑了出來。疑惑也轉變成確定，逸歌是真的大意了。現在，自己抓住了最大的機會。

他踢開地板上的手銬，讓它滑出桌腳下方。原以為再也無法重獲的自由，一回神自己已捧在雙手中了。

莊一就像在避免捧著的自由掉下去一般，以謹慎的步伐沿著通往玄關的走廊向前走。玄關門上的鍵盤鎖果然不見了。即使回頭，也沒有手持電擊棒逼近的逸歌身影。

他轉開鎖，打開門，外面走廊上的地毯映入眼簾。莊一自從遭到囚禁以來，時隔一個月終於又看見地毯的花紋。

莊一悄悄關上門，快步走過走廊，按下電梯按鈕，等電梯來。可以出去了。可以從這裡逃出去了。冷靜點，別心急，不要發出聲音。

他煩惱著還是走樓梯下到一樓算了，但幸好電梯很快就來了。莊一不禁想像，門打開的瞬間，裡面赫然是逸歌。他大叫，你別以為自己逃得了。我不是說過很多次了嗎？你一輩子都得待在這裡。

裡面空無一人。莊一毫不遲疑地走進電梯。電梯也沒有中途緊急停止，順暢地降到一樓。

莊一想，要是遇見這棟公寓的其他住戶，就直接請對方幫忙報警好了。但他沒遇到任何人，走出了大門。

「啊啊……」

他忍不住呼出一口氣。

外面，暌違一個月的室外。

十一月的晚風透著冷意，但舒暢及解放感勝過了一切。莊一深深吸了口氣，將外頭的空氣充滿肺部。

逃出來了。這下就結束了。自己終於自由了。

一輛機車奔馳過前方的道路。然後是狗吠聲，還有遠處傳來的汽車喇叭聲。一切都令人感到無比懷念。

自己應該先做什麼才好？要報警吧？但沒有方法打電話。手機留在逸歌家了。自己什麼都沒想就衝出來了。身上也沒有錢包，也沒辦法搭電車、公車或計程車回去。該去找一戶住家按門鈴說明情況嗎？

對了。有派出所。從車站過來這裡的路上有一間派出所。去那裡吧。向值班員警說明原委，一切就結束了。

莊一沿著馬路走，在T字路口向左轉，走下斜坡，朝派出所在的那條路前進。他用大概介於快步走及小跑步中間的速度前進。路上，他只回過一次頭，抬頭仰望那棟公寓大廈。逸歌房間的窗戶亮著。窗戶開著，他並沒有站在窗前窺探。他此刻還在睡，連莊一已經逃走了都沒發覺。

晚風變得更強了，莊一縮起身子。雙手插進口袋，在右邊口袋碰到了一個小型金屬物。掏出來一看，是公寓的鑰匙。莊一想起不記得多久前，逸歌說著自己可能會需要，就把備份鑰匙交給自己，原來一直收在口袋。

「《假面宅邸》還沒完成喔。」

不知是誰的聲音鑽進耳裡。回過頭，卻一個人影也沒有。環顧四周也沒看見其他人。莊一沉默地站在原地，又聽見了那個聲音。

「那部長篇小說還沒完成。沒有你，就沒辦法完成。沒有你的話，相崎一歌就只能銷聲匿跡、最終死去。」

那不是逸歌的聲音，是自己的聲音。

馬路前方亮著紅色燈光的建築物映入眼底。是派出所。再走一分鐘就會到了。可是，雙腿動不了。自己究竟在遲疑些什麼？

現在立刻跑過去才是正確答案。向警察說明自己身處的情況，請求對方幫助才符合常識。請他們逮捕那個已稱不上是朋友的罪犯，自己回歸日常才是正確的道路。

然而，腦中卻浮現出姬野的臉龐。

手中拿著新人獎獎盃的逸歌身影。

相崎一歌的存在。

「只要你想，隨時都可以離開。」

逸歌只要喝五杯葡萄酒左右就會喪失判斷力，變成一個廢物。今天知道了這件事。光這樣就能算是一個重要收獲了，不是嗎？

自己也沒必要再害怕電擊棒了。自己隨時都能制伏他。由他掌控一切的日子已經結束了。今後自己輕易就能占上風。而且，自己隨時都能逃離那裡。既然如此，那不是今天也無所謂吧？

莊一看向自己的手。手銬和鐵鍊尚未卸除，依然掛在上頭。

莊一轉過身，快步走回公寓。

4

長篇《假面宅邸》是在十一月底左右完成的，從莊一遭到監禁那一天起已經過了一個半月。完稿後不會馬上就寄給編輯，接下來要進入修稿的階段。重新檢查所有文字和場景，如果有不足的地方就要補上，過於冗長的部分則爽快裁剪掉。短篇時這項工作花了三天左右。逸歌說，長篇至少希望有一週的時間。只要改完稿，就能把初稿寄給責任編輯了。

「主角幫女主角泡咖啡卻失敗的那一段刪掉好了，場景有點弱。我再想其他方法來展現主角的笨拙。莊一，你有什麼主意嗎？」

逸歌問，莊一稍微思考片刻後回答：

「主角一開始被交付清掃宅邸的工作。讓他掃得很失敗怎麼樣？」

「那樣會跟宅邸主人高橋欣賞他的契機互相矛盾，高橋是看了他打掃的成果後才注意到他的。」

接下來莊一又提了不少想法，但全數遭到否決。最後是逸歌自己想到了替代方案。

「他在庭院裡發現貓的屍體，在花時間處理時正好遇到女主角好了。小學時兩人也曾看到過貓的屍體，有一種必然性。」

「這樣必須全部改寫整個場景。」

「現在就來寫吧。」

還有好幾個其他場景也改寫了。這樣就花了兩天左右。剩下幾天並沒有大幅度更動原稿。

第二次重看時，莊一有次主動提出一個比較大的修改意見。

「主角被迫從和宅邸主人的友情跟和女主角的關係中擇一時，偕同女主角一起逃出宅邸。兩人原本是朝向公園，但這裡朝向大海不是更適合嗎？大海對兩人而言是記憶最深刻的地點吧？」

逸歌雙手抱胸，陷入思考。他想了三分鐘以上。原本望著天花板的他轉向莊一說：

「這種寫法確實會更引人入勝。不過這裡的描寫我想符合現實。兩人擁有共同回憶的地點有好幾個，距離宅邸最近的是公園。」

初稿就在這種情況下逐步完成，剩下就是寄給編輯而已。逸歌吩咐莊一，簡單寫封電子郵件寄過去。他說這名編輯不是上次委託寫短篇的編輯，是自己出道以來就一直合作的對象。

「我現在有來往的編輯，多半都是用電子郵件連繫，真的有必要時才會通電話。其中，我在電話中也能輕鬆交談的就是這位編輯了。他是唯一知道相崎一歌是男是女的人。」

「電子郵件由我來寫沒問題嗎？既然你們來往多年了，他會不會看郵件內容就察覺到異狀？」

「別擔心，他不是會在意這種事的性格。還有，電子郵件盡量早上寄。這樣會比較快收到回音。」

莊一聽從建議，決定明天早上寄出。平常寫稿結束時，窗外多半都是晚上了，這一天卻仍有夕陽餘輝灑進房內。難得有一天時間這麼充裕，兩人一閒下來，頓時不知道要做什麼。

莊一忽視腳踝上的腳銬和鐵鍊，開口提議：

「我們來喝幾杯慶祝吧。」

隔天，莊一在書房角落自己的被窩中醒來。銬在腳上的鐵鍊就攤在地上，像是一條蛇的屍體動也不動。莊一撿起逸歌忘記扣好的鐵鍊另一端，掛上固定在書架的金屬零件，鎖好。要是就這樣擺著，逸歌肯定會誤以為莊一企圖逃脫吧。莊一不希望打破現在的平衡。

由於宿醉的暈眩感，莊一又睡了過去。再次醒來已是中午，逸歌拿著打開的筆電走進來。他在平常那張沙發坐下，操作電腦，一旁的印表機動了，吐出幾張紙。他拿起那疊印好的紙張遞給莊一看。

「新作品的靈感，你覺得怎麼樣？」

最先躍入眼底的是書名《反叛的送葬者》。接著是簡單的故事摘要。男主角擁有特殊能力，能夠看出誰有自殺的意圖。他會誘惑那些人，為他們準備適合的死法。主要角色有引導所有遇見的人走向死亡的男人，以及追捕男人的刑警。

「這次也是懸疑嗎？」莊一說。

「我只會寫這個。」

「既然你的目標是寫出完美的小說，偶爾也挑戰其他類型如何？」

「比方說？」

「……旅行小說之類的。」

逸歌輕輕笑了。

「只是你自己喜歡那個類型吧？不過說的也是，旅行或許是個好主意。就讓這個男人去旅行吧。在旅行的地點一一發現有意自殺的人。」

逸歌打開筆電，打算記錄下來。他花費了漫長的一分鐘，只在新作品靈感裡打上了『旅行』兩個字，拿給莊一看。

「像這種新作靈感，你還有其他存檔嗎？」

「有，都放在上鎖的資料夾裡，自然變成一種習慣了。」

莊一立刻就聽懂這句話。一開始這樣做的是姬野。她那台沉睡在自己家裡的筆電也有同樣的資料夾。逸歌似乎在莊一家裡找到了姬野的筆電，但並沒有拿過來這裡。

「莊一，你說的對，挑戰不同類型是有必要的。但我就是因為這麼做了，才患上寫作的易普症。都是因為寫了不熟悉的戀愛小說，那本賣最差。」

「……你說上一本書嗎？」

莊一曾搜尋過一次他說害自己罹患易普症的上一本小說。書名是《她與愛的一切》。不過莊一並不清楚故事，更沒有讀。

莊一突然想追問逸歌那本引發問題的作品，但他迅速結束了這個話題，走出房間。

莊一站起身，在跟腳鍊相連的書架翻找。他並沒有抱持期待，卻在書架角落發現了《她與愛的一切》。

現在回頭看，這書名也太戀愛小說了，令人有點難為情。逸歌當初決定這個書名時臉上不曉得是什麼表情？封面插圖走的也是傳統風格，畫著一男一女牽著手的背影。

內容也就和看到書名跟封面後想像的差不多，這是優點，同時也是缺點。一對男女相遇，走過高中、大學、出社會等各階段後，靜靜地結為連理，最終建立了一個家庭，就只有這樣。讀起來絕對不無聊，但並沒有新的視角；劇情走向缺乏新意，但同時也能毫無負擔地輕鬆看完。

是本無論出現在哪個時代都不奇怪的戀愛小說。如果用一句話來說，這本小說不是相崎一歌來寫一定也可以。

唯一吸引莊一注意的是女主角的設定，他立刻就明白模特兒是誰了。逸歌寫了一個直接套用姬野性格的女性。逸歌不想聊的理由恐怕就是她吧，這位女性實在太接近兩人現實裡的人生了。

故事的高潮是，兩人生下小孩，過著幸福的日子，但有一天她外出時從燈塔一躍而下。主角拚命想要調查她的死因，然而照顧小孩令他忙到分身乏術，最終只好死心。這對於十幾歲的讀者來說可能是個令人困惑的結局。

莊一把《她與愛的一切》放回書架，走近桌機。他在椅子上坐下，按下電源。他肯定是在這裡寫出那個故事的。

莊一注視螢幕了一會，又關掉電源，鑽回被窩。他以為只要坐在同一個位置，搞不好就能了解相崎一歌的心情，但他實在是不懂。

一整天都待在書房，身體無可避免會變遲鈍。為了盡量減緩肌肉流失、僵化的速度，莊一開始每天伸展，最近還加進簡單的鍛練。

莊一在鍛練腹肌時，逸歌走進房間，把筆電螢幕拿給莊一看。那是編輯寄來的電子郵件，編輯說他已經看過《假面宅邸》的初稿了，除了錯漏字以外，出乎意料內容大致沒有問題。從逸歌的反應看起來，他應該是設法靠自己讀完了郵件內容。

「看來會直接進入校稿，再寄校樣回來進行作者校對。我已經回過信了。」

聽見逸歌的話，莊一不禁從電腦螢幕抬起頭。

「你自己回信的？」

「如果是不用思考的短句子，我現在打得出來了。」

只是可以看信莊一還不驚訝，但他沒想到逸歌居然連信都自己回了。

難道他的易普症出現好轉的徵兆了嗎？逸歌此刻會心情絕佳，或許比起原稿過關離出版又近一步，更多是因為成功靠自己回信了的緣故。

「我正在想自己來寫《反叛的送葬者》的故事大綱。用那些靈感筆記寫出至少可以見人的文字。」

「……哦。」

莊一差點就要脫口問出「你不靠我嗎？」話到嘴邊又吞了回去。莊一有種感覺，自己只要說出了一句這種話，便會從精神層面附屬於逸歌。

「今天要寫稿嗎？」莊一換了個問題。

「今天不寫。到《假面宅邸》作者校對之前，你可以暫時好好休息一陣子。當然，我不會讓你出門，但你可以隨意用那台電腦寫些東西。」

至少開個窗戶讓我透透氣吧？莊一回以玩笑話。逸歌卻當真了，他真的走過去開窗戶。現在黏著劑也早就剝落，窗鎖輕易就開了。風吹進來，原本悶在裡面的空氣稍微逃逸出去。

逸歌離開房間前，從書架上抽了幾本小說。他在比較之後，挑了最薄的一本文庫本才走出去。應該是打算當成復健。

莊一把頭伸出敞開的窗戶，看見正下方民宅的屋頂。紅色油漆在陽光照耀下反射出亮晃晃的白光。要是從這裡大喊救命，附近住戶應該會察覺到異常幫忙報警吧？闖進門來的警察會逮捕逸歌，解放被囚禁在房內的自己，安慰自己「已經沒事了」。自己那時候則抱著原稿，口中喃喃囈語著「還要校稿」。莊一在腦中幻想過所有情節後，心滿意足地關上窗戶。

到了晚餐時間，莊一仍舊在鐵鍊和逸歌相連的狀態下走到客廳。餐桌上擺著一如往常的外送餐點，以及逸歌剛才一直在看的那本文庫。書籤夾在全書三分之一的位置。重逢時連菜單都避開不看的他，已經能好好看書了。

「我能讀字了。」

莊一回頭，逸歌露出笑容。他可能剛哭過。

「我能讀字了，莊一。」

新年過後，逸歌的閱讀能力又恢復更多。他已經看完那本文庫本，現在正在挑戰頁數更多的書。逸歌的狀態每天都不同，他說狀況好時可以連續閱讀文字二十分鐘左右，但狀況不好時連看一行字都會想吐。

那一天，逸歌也抱著一本單行本走進書房。他在沙發坐下，就在莊一眼前看起書來。這個行為看起來像是在無聲地譏諷。

「我感覺坐在這裡狀況會變好。」

「高中時你在社辦也常常坐在沙發上嘛。」

莊一繼續說。

「寫稿呢？」

「還不行，手會抖。我上次也花了三小時才成功回覆電子郵件，但是我不要再逃避了，我要好好面對。」

「這樣啊。」

莊一動了動左腳，故意讓鐵鍊發出聲響，用不開口的方式詢問。等你恢復後，我要怎麼辦？你擅自把人關起來，像奴隸一樣使喚，天天強迫別人寫稿，等自己好轉後，就把我扔掉嗎？

居然說不要再逃避了，少說這種好聽話。你害我失去工作，你毀了我的人生，然後用不到了就打算隨手一扔嗎？已經無法挽回了。你犯了罪。你知道放我自由的話會發生什麼事吧？還是你打算一輩子把我關在這裡？是要叫我什麼都不幹，一直待在這個被窩裡看你寫作嗎？別開玩笑了。

這時，逸歌緩緩闔上書本。莊一暗忖，他可能是要回應自己內心的抗議了，悄悄做好心理準備。

是偶然嗎？或者是他真的接收到了自己的真心話？逸歌站起身說：

「對了，這次有個出了三集的小說要改編成漫畫。那個案子的原作監修，莊一，我想交給你負責。我光寫《反叛的送葬者》的大綱就已經耗盡所有力氣了。要是同時進行，我負擔會太大。」

「我知道了，雖然我不知道自己做不做得來。」

「如果是你，應該可以做到就像是我在給意見一樣才對。」

這怎麼說都是你的工作吧，一旦這樣回，這件事就破局了。不接受抱怨，逸歌的態度看起來就像是這麼說。不，他毫無疑問就是這個意思。

「拜託你了，莊一。」

「……嗯，好。」

兩人此刻正在話語之外的世界交談。沒有互相瞪視，也沒有對彼此怒吼，各自的想法卻狠狠地撞擊了。

他需要得到報應，這個男人一定要有報應。

莊一之前就一直這麼想。逸歌那種從容的態度，總是確定一切會順利的神情。他在至今的人生中曾吃過哪怕一次的苦頭嗎？他曾經受過一次懲罰嗎？他該不會因為人生一帆風順就誤會了吧？只有自己知道他多受上天眷顧。能讓他明白幸福是不會光靠好運就能一直持續下去，也無法光靠才華獲得，他終究只是個隨處可見的普通人的，一定只有莊一了。

「拜託你，莊一。都靠你了。」

三天後寄來的漫畫分鏡，是由莊一看的。他在逸歌八成會有意見的地方加上建議。比方說由於對話框大小的限制，有幾格出場人物的台詞比原作更簡略，而莊一分得出哪些調整在可接受範圍內，哪些地方則應該嚴格遵照原作。

同一間房裡，逸歌也開始在寫東西。他寫《反叛的送葬者》大綱的步調，依然虛弱不穩到打字聲隨時都會斷掉似的，但仍確確實實地在前進。莊一在心中暗自期盼逸歌會停下手指哀號「我不行了」。什麼復健你死心吧。少掙扎了。你就自暴自棄地放棄一切，深陷自我厭惡，永遠趴在地上吧。

然而事與願違，逸歌打字的聲響不曾停歇。

逸歌把完成的《反叛的送葬者》大綱拿給莊一看時，莊一坦率脫口說出真實感想「很精彩」。逸歌一臉滿意地點點頭，回了句「我就寄這份過去。」接著走出房間。莊一又看了一遍手上那份列印出來的大綱，還是覺得很精采。即使給自己相同的題材跟主題，自己也想不到這些情節。

莊一內心湧現一種久未體會到的感受。一種一旦化為言語就彷彿會偏離本質的感受，如果硬要舉一個最相近的，就是挫敗感。高中看到逸歌的原稿時，也曾有過相同的感受。深刻體認到兩人實力差距的瞬間。看到那些自己無論如何掙扎、如何伸長了手也勾不著般的文字敘述的瞬間，懊惱自己怎麼沒能搶先寫出來的心境。

一段段記憶隨著這股感受逐漸躍入腦海。三人共處的社辦，一次又一次投稿新人獎。只有莊一在上一個階段就落選了，逸歌和姬野兩個人都晉級了。只有自己被拋在後頭的焦躁和疏離感，許多感受相繼湧上心頭。比淚水更不想讓人看見的一面。

不願知道自己其實沒有才華，也害怕其他人會發現這一點。

自己不想成為平凡無奇的人，想要成為可以留下些什麼的人。

想要至少有個東西能夠感到自豪。因為有這個，莊一才能作為莊一存在，他一直在追求這樣的東西。逸歌贏來的那座獎盃，他也好想抓在手中。

「相崎一歌……」

莊一脫口而出，這個筆名，由逸歌命名的作家人格，其中包含了自己名字的一個字。

銹在腳踝的鐵鍊碰撞聲響起，終於把莊一從過去徹底拉回現實。回過神時，自己正在翻找書架，把所有相崎一歌的小說都拿出來。

莊一貪得無厭似地啃起書。必須馬上全部看完，雖然不知道為什麼，卻覺得非這麼做不可。他一直沒有看過逸歌先前的作品，現在就是全部吸收進來的時刻。

相崎一歌，莊一回過神，發現自己又喃喃說出這個名字。

莊一結束每天例行的伸展及鍛鍊後，坐到桌機前面，開始寫作。撰寫著稱不上故事的大段文字，卻不存檔又一一清除。

就連在描寫一個場景時，他都會思考如果是相崎一歌的話，會怎麼寫。很不可思議的，這樣做時比思考自己會怎麼寫更快有文字浮現出來。在這裡能做的事唯有鍛鍊頭腦和身體這兩樣而已。

一月底，《假面宅邸》作者校對稿寄來了。逸歌遞來的那份原稿沉甸甸的，每一頁都至少有三處被用紅字修改的痕跡。開頭第一章由逸歌看，但他看到一半就說自己身體不舒服，剩下的章節便交給莊一負責。莊一會把寫上重要意見的地方唸出來，交由逸歌判斷。花了兩天半，兩人看完作者校對稿。莊一用眼角餘光瞥向精疲力竭躺在沙發上的逸歌，轉身面向桌機。

「你要寫什麼嗎？」逸歌出聲問。

「小說。」

「哦，莊一的原創小說嗎？你在寫什麼？」

「還是祕密。」

莊一坐在椅子上轉過身，笑著注視逸歌。後者領會到他的意思，點了點頭，就要走出房間。在寫作時希望盡量消除噪音。那種心情，身為作家的他不可能不了解。

「完成後要讓我看喔。我去買東西回來慶祝《假面宅邸》完稿。我又發現好喝的葡萄酒了。」

「你要買葡萄酒回來是很好，但之後還有二校的校樣。」

「沒關係，最難的部分已經結束了。這是我們第一次一起完成的長篇小說。必須盛大慶祝。」

正如逸歌所說，三週後寄來的校樣裡面紅字並不多。幾乎都是在指出第一版校對稿中疏忽的錯漏字，以及在檢查先前用紅字要求調整的部分是否確實修正而已。這次二校的工作就全落到莊一頭上。

看完二校稿那一天的晚上，逸歌打開新買回來的葡萄酒。莊一才喝一杯時，逸歌就已經喝了三杯。不出所料，他又醉了。他揮舞起手中的電擊棒時，莊一嚇到面無血色。逸歌把電擊棒前端浸到玻璃杯中的紅酒裡讓它通電，哈哈大笑。莊一也裝出樂在其中的模樣。

「逸歌，我有個問題。」

「怎麼了？」

「你之前說的那句話是真的嗎？你說在寫作時是把我當成目標讀者。」

逸歌一口氣喝乾手中那杯酒，開口回答。

「是的，我會想像你正在看。只要這樣，我就能寫得很順利。我從以前就一直這麼做。自從遇見你後，你的存在就是對我人生的刺激。就算其他任何事你都不相信我，只有這件事是真的。」

逸歌的頭開始左右搖晃。莊一心想，他該不會就這樣從椅子上摔下來吧？莊一留意著他，最後他趴到桌上。

「莊一，莊一。」

「怎樣？」

「你就待在這裡吧。一直留在這裡。就算我恢復閱讀能力，可以寫作之後，你也留在這裡吧。我不想要一個人。作家很孤獨。我想要你陪我。只要你保證會留在這裡，我就發誓再也不用電擊棒。鐵鍊我也會拿下來。你要出去也可以。喂，你就留在這裡吧。答應我吧，莊一。」

「我會留在這裡喔，逸歌。」他已經睡著了。

早上一起床，莊一會先做伸展。身體逐漸舒展、放鬆，變得輕盈，感受到自己是獲得允許存在於世界上的。

莊一含進漱口水代替刷牙，再朝窗外吐出去。他走近沙發旁擺著熱水壺的邊桌，用馬克杯沖泡即溶咖啡。

他開啟桌機的電源，今天也要寫稿。對了，自從來這裡後，一次都還沒用過那套立體音響。莊一想，要不要從占據書架一個區塊的成排CD中挑幾張來聽聽看，但就連選CD的時間他都覺得可惜，他便繼續寫稿了。

中午前，房門猛然打開，逸歌衝了進來。

「這是怎麼回事！」

莊一停手，轉向逸歌。後者用力瞪大雙眼，雙唇顫抖地瞪著，莊一情緒激動得一清二楚。平常那種裝腔作勢、不讓他人看透內心的從容不迫已蕩然無存。

逸歌手中拿著一本單行本。《假面宅邸》，書名幾個大字躍入眼底。封面設計也和編輯事先寄來的檔案一致。莊一心想，用電腦看檔案跟親眼看到實體，感覺果然還是不太一樣。

「出版了啊?不對，出版還有兩週左右，是樣書啊。」

「莊一，你幹了什麼好事?」

「怎麼了?」

「有好幾個地方出現我沒看過的內容。你擅自更動了吧。不，不只一兩處而已，而是多到不行。譬如這裡，兩人第一次跑出大門外的地方，我可沒這樣寫。」

「作者校對時，我可是都好好唸給你聽了喔。」

看來逸歌可以正常閱讀文字了。

莊一原以為他要更久之後才會發現，沒想到這麼快，但無所謂。來不及了，自己的準備工作已經完成了。

逸歌打開單行本，翻動書頁，好幾次都差點把書掉到地上。他找到了自己要找的地方，拿到莊一面前。

「最誇張的是這裡，這個場景是怎麼回事?」

「兩個主角離開宅邸後，前往大海的場景。」

「這種場景我一個字都沒寫過。這一整段情節都是你擅自加進去的，你為什麼這麼做?」

「我想說直接照唸你一定會發現，就事先準備好文字檔，在寄二校稿回去時，把文字檔列印出來當作附件加進原稿，請負責校對的那位幫忙處理——」

「我不是在問這個！」

逸歌大吼，打斷了莊一。

莊一好想快點回去寫稿。今天有種可以寫出好東西的預感。他轉身面對電腦，又開始寫稿。逸歌一句話也沒說。他不知道該說什麼，他的困惑都從背後傳遞過來了。

「逸歌，你之前問過我吧？人為了什麼而創作？創作到底是什麼？我好像明白一部分答案了。」

「莊一……」

「想獲得他人的認可。想要有人看自己創造出來的東西。想要揭露自己內在的思想和情感，把它們表現出來。創作的動機形形色色，但如果追溯那些渴望的源頭，就會逐漸看清本質。所謂創作，換言之就是『留下痕跡』。」

逸歌一語不發。

「人為什麼要創作？那個答案也很簡單，因為不夠。因為不滿足。會從事創作的人，必定都渴求著什麼，然後試圖填補、留下些什麼，就跟某種生存本能一樣。任何人心裡都存在創作本能。」

莊一不停敲打鍵盤。螢幕的空白WORD頁面上不斷顯現出文字。相崎一歌，相崎一歌，相崎一歌，相崎一歌，相崎一歌，相崎一歌。

「最近，我看了你寫的《她與愛的一切》。一開始我不能理解你怎麼會寫這種題材。但現在我懂了。非常能夠明白。你想要留下痕跡。想要獲得滿足。」

「不要說了。」

「你想藉由描寫與理想中的姬野那未能實現的日常生活，來填補遺憾。可惜在最後，罪惡感來礙事了。」

「閉嘴，莊一。」

「那說不定是一種羞恥心。在有如自慰般的故事中利用了姬野，讓你感到非常羞愧。所以才寫下一個符合現實的結局。現在，我可以了解你的一切。」

「我叫你閉嘴！」

逸歌走近，抓住莊一的肩膀。他力氣很大，但雙手隨即放開，視線轉向電腦螢幕。莊一把逸歌的情緒變化看得一清二楚。他雖然感到很混亂，依然隱約察覺到螢幕上顯示的那些文字究竟代表了什麼。

「你，現在在寫什麼？」

「《反叛的送葬者》啊。大綱不是過了嗎？所以我就動筆了。」

「你擅自寫這做什……」

「沒問題的，我已經完全摸透你的文字風格了。就算沒有你，我也能寫。相崎一歌已經不需要你了。」

莊一轉動椅子，將身體面向他。逸歌看見莊一全身，才終於發現——

「……那是，我的衣服。」

「對。尺寸現在正好合身。我就是為此才一直在鍛鍊身體。」

莊一從牛仔褲口袋掏出鑰匙。把腳放在椅子上，打開一直銬著的腳鍊。腳鍊掉到地上發出沉甸甸的聲響。隨即又響起另一個重物落到地上的聲音，是逸歌手中的《假面宅邸》掉下去了。

「我完全沒發現你在做準備。」

莊一從桌機後方拿出預先藏好的電擊棒，打開開關。確定電擊棒啟動後，他露出滿意的神情。

逸歌向後退了一步，莊一以同樣大小的步伐逼近。

「你什麼時候拿走的？鑰匙，還有電擊棒……」

「逸歌，反倒是你告訴我，你知道自己在我面前喝醉了多少次嗎？」

莊一走近。

「你知道自己讓我看見多少次空隙嗎？你知道有多少次只要我想逃就可以逃走得了嗎？」

莊一的腳尖碰到東西，是逸歌掉到地上的《假面宅邸》單行本。他無視它，繼續走近。

照理來說，逸歌對電擊棒的耐受力應該比自己還差。他應該會立刻昏過去吧。接下來要做什麼也都很清楚了。沒問題，這裡的鐵鍊要多少有多少。

「你打算變成『我』嗎？你是打算奪取我的一切，化身為相崎一歌嗎？不可能的，你絕對辦不到。你一定會失敗的！」

逸歌擠不出從容的笑容了。莊一牢牢注視著他的表情逐漸崩塌的模樣，連一秒都不放過。

「不好意思。」

莊一打開電擊棒的開關走近，開口說：

「你已經不是相崎一歌了。」

5

長篇《假面宅邸》上市一週後，莊一來到車站前的書店。

他過去都沒有好好逛書店，原因就是相崎一歌的存在。只要瞥見他的書，自卑感就會立刻湧上來，那會化為一種奇特的重力令步伐變得沉重，阻止他靠近。

現在那種重力完全消失了，反倒轉變成一種每次靠近都會增強的引力。那個原因果然也是因為相崎一歌的存在。已經不用再怕他了。晚上睡覺時不用再因為體認到自己與他之間的差距而全身縮成一團了，因為自己現在已經成為相崎一歌了。

莊一一眼就看到書店入口附近的平台上擺滿了自己的書。在書店自行製作的文藝類書籍銷售排行榜上，《假面宅邸》名列最高的位置。旁邊是不分類型的銷售排行榜，在上面則位居第三。第二名是貓咪的攝影集，第一名是連名字也沒聽過的藝人的散文。社會就是這麼垃圾。莊一在心裡咒罵著，走到文藝書籍區。

相隔許久再次悠閒逛書店，心態完全不同，非常從容。

另一方面，自己不再是單純愛看書的顧客，而是以作家相崎一歌的身分站在這裡後，可以看見意想不到的東西。舉例來說，會不自覺在意起比自己更暢銷的作家和最近氣勢正旺的作家的情況。莊一悄悄拿起堆在《假面宅邸》旁邊，最近引起廣泛討論、銷量出色的新書，瀏覽書衣折口上寫的作者簡介。這位作家年紀比自己大，不知為何稍微安心了些。

一看到比自己年輕又具備新鮮感，書腰上寫著「備受期待的新人作家」的書，他就再也說不出安心這種話。他在那裡看見一團陰影，即將從下方動搖相崎一歌拚命獲得的地盤，使之崩塌。要是對方獲得新人獎的年紀又更小，莊一心裡就更是焦慮。縱使年齡較長，出道後沒多久就走紅的作家也需要特別注意。

就算立場改變，年歲增長，各行各業都一樣，總是逃不過競爭。看來這個世界上，並不存在不分優劣的地方，因此莊一今天也要寫稿。為了繼續守護相崎一歌，亦是對逸歌的制裁。

他離開書店，走到附近的林蔭大道，一整排櫻花樹在頭頂上盛開。儘管只是隨意伸出手，彷彿也能觸碰到乘風而來的花瓣。宜人微風吹拂過面頰，他走路時偶爾會閉上眼。

回程路上他順道去了趟超市採買必需品。接著再去隔壁由個人經營的便當店「五彩繽紛」，這是莊一最近的習慣。

「歡迎光臨，今天也謝謝您的蒞臨。」

一位充滿朝氣、語調開朗的女性出聲招呼。她的名字是向井瑠奈。年紀比莊一小一歲，是三姊妹中的老么。莊一在和她先前的交談中得知，她在今年大學畢業後，會是三姊妹中唯一繼續幫忙雙親這家店的人。

「幕之內便當和中華便當各一個。」

「好。謝謝。」

瑠奈一朝後場的雙親喊出訂單內容，即可看見玻璃窗後面的兩人動起手來。製作便當的身影一目瞭然令人安心，是莊一起初常來這間店的原因之一。之前在那個家裡每天都吃缺乏人味的外送，莊一早就感到厭倦了。後來，他偶然發現這家店。

「我今天一定會猜對喔，莊一先生的職業。」

「我聽聽看。」

「你一定是，陶藝家吧！」

「不是。可惜，明天再接再厲。」

「唔哇，這也不對嗎？」

每天來買便當後，自然而然發展出的小遊戲。一開始是和她閒聊時，瑠奈問起莊一的職業，莊一岔開話題沒有回答。後來兩人定下一天猜一次的規則，由她設法找出正確答案的遊戲就這麼開始了。天天來這家店報到的另一個理由就是因為她。

她給人的感覺很像姬野。如果姬野順利長大成人，大概就會變成這樣的人吧。

莊一接過便當走出店裡。他離開前彎腰回禮，瑠奈說「明天也等你過來」，從店內向他揮手。

大約十五分鐘後，莊一回到公寓大廈。他穿過大門，走向電梯時，和其他住戶擦身而過，微微點頭致意。

他回家在客廳吃完午餐後，拿著一個便當打開書房的門。

逸歌蜷縮在被窩上。右腳腳踝上的腳銬以鐵鍊和書架上的金屬零件相連。過長的劉海蓋住臉，看不清楚表情。他好像是不太冒鬍子的體質，自遭到囚禁的那天起，嘴邊並沒有太大變化。

「吃午餐了。」

莊一把中華便當遞過去，逸歌像是厭惡所有闖進視野的事物似的，直接揮開。瑠奈和雙親用心製作的料理灑在地板上，莊一費了好大的勁才壓抑住怒火。

「我知道了。以後都不給你便當了。這樣行了吧？」

莊一放下在超市買的營養果凍飲代替。逸歌朝果凍飲撲過去，開始用力吸了起來。莊一一邊覺得憐憫，一邊動手清理地板。他用廚房紙巾包起散落一地的麻婆豆腐、燒賣和青椒炒肉絲，慢慢清潔乾淨。逸歌似乎擔心這裡面該不會下了毒吧，一直小心提防。

「裡面什麼都沒有放。這家便當店的食物都很好吃。店員人也很好，很親切。」

「叫作瑠奈的女店員，對吧？你之前說過。囚禁別人時你居然還有心思悠哉地談戀愛，還真是悠哉啊。」

莊一無法忍受他沒神經的發言，忍不住過去，不屑地回答。

「是誰先囚禁別人的？你有資格說這種話嗎？」

「總之，我們已經回不了頭了，只有這件事是真的。」

逸歌的眼神說著，「快寫啊。不要把時間浪費在無謂的事上。你既然搶走了我的身分，至少要一直寫下去吧，要寫得比我更出色啊。」他真的很擅長不張嘴就讓人知道他的想法。

「你給我安靜看著。要是你太吵或胡鬧，我會立刻讓你暈倒，搬到房間去。」

莊一開啟電腦，坐下。他先輕柔按摩雙手，再把手指置於鍵盤上。

他之所以會讓逸歌一直待在這個房間，是因為他認為這樣能替自己帶來良性的壓力。目前，這是莊一唯一能在他身上找出的價值。

莊一在螢幕的桌面點開檔名為「反叛的送葬者　初稿」的WORD檔，想像著自己要是陶藝家的話會過著何種人生，相崎一歌今天也繼續寫作。

逸歌每天的身體狀況都不一樣。有時候會以強硬語氣出言挑釁，有時則擺出一副極為虛弱畏怯的神態懇求。

「莊一，我真的到極限了，你就原諒我吧。我受不了這種生活了。這不是一個人該過的生活。我把一切都給你。把我從這裡放出去。我求你了……」

要是真的受不了，莊一會用電擊棒把他電暈再搬去其他房間。囚禁他會用到的金屬零件和工具，都是從櫃子裡借用的。

莊一繼續專注於寫稿。自己是小說家，創作者。一整天進展順利，以相崎一歌的身分產出完美的敘述及文字時，他心情就會很好，有時甚至會興奮到故意講給逸歌聽。哪怕只有一點點，他也希望讓逸歌體會到挫敗感。那一天，他也對著被一端固定在客廳角落金屬零件的鐵鍊銬著，坐在椅子上的逸歌幹了同樣的事。

「怎麼樣？這些內容簡直就像是相崎一歌寫的吧！我徹底變成你了。你就放心吧。相崎一歌克服了寫作的易普症。因為你交棒給我了。」

「莊一，我想去廁所……帶我去廁所。」

莊一難得在興頭上，卻被淋了一盆冷水。他嘖了一聲，動作熟練地從金屬零件取下鐵鍊，改為扣在自己的手銬上。和逸歌從前對自己做的行為一模一樣。

原本坐著的逸歌慢吞吞站起身。那張臉上霸氣盡失。

「再一個星期，《反叛的送葬者》就可以完成了。要是一切順利，接著就是其他新小說。關於新小說——」

那瞬間，一股強勁的力道從後方猛然一扯，莊一來不及反應差點倒下去。

逸歌正往廁所的相反方向跑去。他朝通往走廊那扇門的門把，拚命伸長保有自由的那隻手。

莊一想把他拉回來，但逸歌的指頭搶先搭上了門把，門開了。

「救命！救命！誰來救我！七樓！快報警！」

莊一用手摀住逸歌的嘴巴，直接把他壓到地上。手掌心竄過一陣熱辣辣的疼痛，他知道自己被咬了。莊一嚇一跳，趕緊抽出手，全身壓在逸歌身體上，讓他無法自由行動。

莊一看見逸歌正在大口吸氣準備大喊時，搶在那之前掏出褲子口袋裡的電擊棒，抵上他的腹部。逸歌露出牙齒，臉部肌肉逐漸僵硬。但他只是口水流了出來，人並沒有昏過去。

「住、住手，你住手……我受夠了。」

「之前我這樣說時，你住手了嗎？」

第二下抵在脖子上。逸歌僅剩的一絲意識也斷了。

莊一察看自己被咬的手掌心，出血很嚴重，有的地方肉都凹下去一個洞了。幸好看起來沒有傷及骨頭。

他打開手銬，改銬在金屬零件上，才從逸歌身邊走開。以防萬一，他先用清水沖洗傷口。他找不到可以包裹手掌心的布或手帕，便用廚房紙巾代替。晚點必須去買繃帶。萬一店員詢問傷口怎麼來的？被狗咬了。就這樣回答吧。

過了十分鐘，他又等了二十分鐘。什麼事都沒發生。看來並沒有人去報警。

「混帳！」

在放下心的同時，遲來的煩躁一股腦湧上，莊一怒吼。

把體力耗費在寫稿以外的事情上了。這隻手可以打字嗎？莊一試探性地反覆握拳又鬆開的動作。看起來是沒問題。

莊一取下沾滿黏稠血液的廚房紙巾，換上一張乾淨的。手邊沒有OK繃，他拿封箱膠帶纏在廚房紙巾上面。雖然會感到不適，但看來對寫作沒有影響。

這是取材。對，取材。把這些疼痛、焦躁和憤慨，全都化為情緒描寫出來吧。全部收集起來化為文字，當成故事的養分吧。在《反叛的送葬者》裡加上這種場面怎麼樣？即將遭到主角殺害的人，在臨死之際因恐懼死亡奮力掙扎。在抵抗過程中咬了主角的手。主角被咬的手掌心依然發疼時，委託人就斷氣了。不是很有戲劇張力嗎？很好，又朝完美的小說靠近一步了。

莊一渴望盡快把靈光一閃的情節化為具體文字，立刻朝書房走去。

莊一寫完長篇小說《反叛的送葬者》時，手心被逸歌咬的傷口也癒合了。其實他早就可以拆掉繃帶了，只是纏著繃帶時寫起來好像莫名比較順利，他便一直留著。或許在一天的開始，加上換繃帶這項例行公事也不壞。

寄出初稿過了三週後，編輯表示希望用電話討論。他早有心裡準備總有一天必須面對的難關終於來了。

隨著那一天逐漸逼近，他內心益發不安。萬一編輯聽到聲音發現他是別人呢？萬一編輯說他的語氣不一樣呢？萬一編輯因說話方式不同起了疑心呢？

到了討論當天，莊一在桌機的WORD檔不斷反覆打上毫無意義的文字，又一個個刪除，等待著約好的時間到來。

還是乾脆改讓逸歌接好了？他開始認真思考起這個可能性時，電話打來了。手機螢幕上顯示出版社跟編輯的名字。

莊一做好心理準備，接起電話，粗厚的男性聲音響起。

「喂，平時承蒙關照了，我是笹鄉。」

「你好，承蒙關照。」

「咦？你的聲音有點奇怪？」

「我有點感冒，沒事。」

「最近天氣雖然變暖和了，還是要多保重啊。」

編輯笹鄉沒有繼續追問，就直接談起原稿。他根本沒察覺不對勁，自己是白緊張了。

「那我們直接進入正題，原稿我看過了。跟平時一樣精采。情節也幾乎都不用更動。只有幾個小地方我想跟你討論一下，可以嗎？」

莊一在電腦螢幕上點開原稿，又開了另一個用來記錄的WORD檔，準備就緒。

「請說。」

「首先是十八頁，主角去便當店買便當的場景——」

兩人平穩地討論著。莊一記下編輯的意見，對於編輯有問題或想要確認的地方，他也一一回答。就如同編輯自己說的，幾乎沒有針對故事本身的大問題，他提出的全是些可以輕易修改的部分。

「我剛才提到的那些部分，要麻煩相崎老師調整一下，您大概需要多少時間呢？」

「一週左右。」

「喔喔，很好，看來勉強可以趕上七月的出版。可以麻煩老師稍微拚一下嗎？」

「我知道了。」

七月。三個月後，比《假面宅邸》那時更快。逸歌之前曾在閒聊時提及一般的出書時程，莊一原以為大概會落在九月或十月。

「還有，《假面宅邸》的再版樣書，昨天已經寄出，應該今天或明天就會到了。大受好評喔。」

「謝謝。」

「對了，關於老師一起寄來的新書大綱。」

「……是。」

莊一先前一直很緊張，除了擔心真實身分被識破以外，還有另外一個重要原因。他在寄出《反叛的送葬者》的初稿時，也附上了新的大綱。

那是莊一第一次沒有借助逸歌的力量，自己從零開始的企畫。編輯也曾在先前的電子郵件中提及，今天會回覆他感想。

莊一作為相崎一歌首次在排除逸歌的情況下打算創作的新作品，就要聽見他人對此的評價了。

「我拜讀過了，感覺上是還滿有意思的，不過跟平時的企畫相比，好像又少了一點魅力。不好意思講得很抽象，但就是希望再多點新意吧。」

「原來如此。」

「不，嘗試一次這種路線也不錯。我個人算是喜歡的。只是畢竟是相崎一歌的新作，我想讀者的期待也會很高。這部分可能會需要稍微調整一下。」

「你說的對。」

編輯在這裡停頓了一會，看來是在等自己回應。那或許是他平時和逸歌談話時習慣的節奏。莊一什麼都沒有回。他也不知道該怎麼回才好。

莊一提出的大綱以一間小屋為背景。主角是一名作家，十五年未見的女兒過來玩。在兩人彷彿要填補十五年光陰般的互動過程中，主角不久後就發現來到家裡的女兒，其實不是自己真正的女兒。接下來，情況就逐漸變得懸疑。莊一雖然刻意模仿相崎一歌的風格，但看來還不夠。

「老師想怎麼做呢？就用這個大綱寫寫看嗎？」編輯詢問。

「不，我再想想看新的大綱。」

「謝謝，那我等老師聯絡。」

掛上電話後，莊一長吁一口氣。緊繃的力氣從全身流洩掉，體力大量消耗。

失敗了，企畫沒有過關。在得知結果前，最後可能會這樣的心理準備，和說不定企畫出乎意料順利過關的期待，各占了一半。好像只有自己最倒楣，總是事與願違。

但沒有時間沮喪，就連喪氣的時間都太可惜了，現在必須盡快完美變成相崎一歌。

無中生有出大綱，讓企畫通過，再把它寫完。當這樣一本書成功出版，自己才算真正成為了相崎一歌。而且到時候自己就可以對逸歌霸氣宣告，「已經不需要你了。」

「我知道了。是漫畫家吧？」

「……可惜，不過很接近了。」

莊一在便當店「五彩繽紛」一邊和瑠奈交談，一邊接過便當。今天只有點幕之內便當。自己買的便當數量從兩個減為一個也過了一陣子，但她並沒有要詢問的跡象。她這種距離感的拿捏也令莊一感到很舒服。

「你的表情看起來很疲倦喔，還好嗎？」

「謝謝。只要好好吃飯應該就會恢復了。」

「歡迎再過來。還有，我下次說不定就會猜中莊一先生的職業了。」

莊一離開便當店，朝逸歌家公寓的反方向走去。今天他有事要回自己家一趟。幾天前，租屋處的管理公司打電話通知他該換約了。對方說已經寄出文件，希望他留意一下。不管是決定續租或解約，都必須先瀏覽過文件。雖然新小說的大綱遲遲沒有進展，他還是決定今天撥出時間久違回家一趟。

好幾百年沒有搭電車了。他已經刻意避開早上的尖峰時段，但還是在電車裡看見不少社會人士。其中還有人正忙著打電腦，大概是火燒屁股了吧。

自己過去也曾是他們之中的一員。上下班時都想著要用最順暢的方式移動，清楚掌握住待在幾號車廂的哪個位置，可以在最靠近通往剪票口的那道階梯的地方下車。早已深植體內的習慣改不掉，莊一搭到自己家附近那一站時，從最靠近通往剪票口的那道階梯的門走到月台上。

從車站徒步十五分鐘後，莊一抵達自家公寓。他拿起塞在大門郵箱裡的文件。這樣就完成今天的任務了，但他決定回家裡稍微看一下。

屋裡並沒有他想像的那麼髒。儘管到處都積了灰塵，但在把窗戶開到底讓屋內通風後，空氣不流通的悶重感也逐漸消散。

他看到書桌上擺著一台筆電。粉紅色外殼的筆電，是姬野的遺物。是自己上次過來時放在這裡的嗎？印象中又好像是收在壁櫥裡。想不太起來了。對了，逸歌說過他來過這裡好幾次，說不定是他拿出來的。

莊一擦拭表面的灰塵，按下電源鍵。是開機了，但莊一都還沒按任何一個鍵，電池的殘餘電量就一直往下掉。充電線就掉在附近的地板上。一旁還有自己之前上班時常用的公事包。他忽視公事包，撿起充電線插進筆電。

電腦桌布沒有變，仍舊是那張穿著制服的女學生在泳池邊用腳尖踢水花的照片。莊一下意識讓螢幕一直亮著那張桌布，一邊吃午餐。他吃完便當時，決定要換約續租這裡。

他打開信封，逐一填寫文件上的必填欄位。莊一寫完後，打開背包，取出《反叛的送葬者》的校樣。他為了以防萬一帶過來的，最後決定乾脆也在這裡看完校樣。

工作驚人地順利。偶爾像這樣改變環境或許也不錯。而且如果是待在這裡，說不定還能想到新小說的靈感。

一想到靈感，莊一想起姬野的電腦裡有一個資料夾。她用來存放平時寫下的靈感的那個資料夾。資料夾設有密碼，莊一到現在還是開不了。

莊一回去前試了好幾次密碼看是否能夠解鎖。他試著用羅馬拼音輸入幾名姬野高中時說過喜歡的作家或導演姓名，依然沒能開啟資料夾。

長篇小說《反叛的送葬者》連二校都完成了，終於要離開莊一手中。接下來就只剩等待出版了。從第一頁的第一個字開始，一直到結尾，首次全部由自己編寫出來的故事。徹底化身為相崎一歌的一部作品。莊一品味著這項事實帶給自己的感受，腦海一角卻始終掛心著一件事。新小說的大綱。

他先前寄出了兩份新大綱，透過電子郵件收到了回音。

「我拜讀過老師寄來的大綱了。雖然看起來挺有意思的，但兩份大綱要作為新企畫感覺上都還差了一點。」後面一大段則是編輯針對各別大綱提供了詳細的建議。莊一全部看完後，明白了編輯的意思。簡單來說，編輯想要的是平時的那個相崎一歌。

「你的企畫沒過，對吧？」

背後響起聲音。書房裡，過去自己曾待的那個被窩，現在逸歌正坐在上面看書。他眼睛仍盯著手上的書，神情也不帶有挑釁或憐憫的意味，只是以平淡的口吻說：

「我懂喔，這一關凡是作家都逃不過的。無論多麼有自信的作品都過不了。他們連一個小缺陷都不會放過，鉅細靡遺地指出各種問題。編輯的工作就是閱讀。意思就是，他們大腦發達，是最厲害的讀者。作為夥伴是最堅實的後盾，但在設法通過企畫時，也會變成一堵巨大的高牆。」

「……你也經歷過這種事嗎？只要出書就本本暢銷的作家，多少會受到禮遇才對吧？你可是替出版社創造利潤的重要存在啊？」

逸歌翻過書頁。輕輕笑了。莊一不曉得他笑是因為自己的話，還是小說內容很有趣？

「讀者渴望故事。其中也有一個族群是衝著相崎一歌這個名字買書的。因為他們知道相崎一歌不會背叛他們的期待，會滿足他們的品味。不過，要是出了兩三本不同類型、品質略微下滑的作品，會導致什麼結果呢？讀者很快就會離開了。你會害死相崎一歌。」

夠了，我知道。莊一明明想這樣回答，卻說不出一個字。莊一一開始寄的那份大綱。責任編輯在電話中問過「要寫寫看嗎？」的那份企畫。要是接下來的大綱也沒過關，不如再次提交那份企畫？莊一想過這件事。又因自己的想法如此不成熟又愚蠢，感到慚愧。

「不過如果是現在的相崎一歌，或許可以容許大概兩本書發生這種失誤。你就試試看吧，親眼瞧瞧會有什麼結果。就用你的企畫寫寫看。你喜歡旅行小說吧？挺不錯的，不是嗎？青春公路小說。」

逸歌闔上書，抬頭看向莊一。

「我告訴你一件事，莊一。人類就算沒有小說也活得下去。為了讓讀者認為自己需要小說，作家必須嘔心瀝血。你有這種覺悟嗎？」

莊一正要回答的瞬間，逸歌突然扔下書，站起來朝這裡伸長了手。哐啷，他腳踝上的鐵鍊發出巨大的撞擊聲。他作勢要抓來的那隻手就在眼前驀地停住。莊一差點從椅子上摔下去，趕緊用力踩在地面穩住身體。

「如果沒有，就還給我。還來啊！我怎麼能看著你害死相崎一歌！」

不夠，光是成為相崎一歌還不夠。為了能一直當相崎一歌，自己必須加倍努力。

然而自己也不能在這裡退縮，怎麼可能放手，自己好不容易才成為了「某個人」，終於完成能自豪地說「這就是我」的一個作品。

「相崎一歌不是你的東西。已經是我的了！你配不上。要實現姬野夢想的人也是我，這就是我對你的制裁。」

我才不會讓你奪走。我不會讓任何人奪走相崎一歌，就是最不想被你奪走。

新書《反叛的送葬者》出版後過了兩個月。好幾個颱風經過上空，不知不覺中，已聽不見蟬鳴聲了。夏天已近尾聲。莊一連一個字都沒寫出來。

第五份大綱被打回票時，編輯笹鄉可能是看不下去了，主動決定了題材。「可以的話，想麻煩老師寫一本關於復仇的故事」。莊一在一週內就寄出了以復仇為題材的大綱。但他還沒收到回信。

還有其他事同樣惹莊一心煩。上一本書《假面宅邸》上市才三週就接到通知說要再版了，相對地，《反叛的送葬者》卻遲遲沒有消息。兩部作品差在哪裡，莊一再不甘願也很清楚，就差在，自己參與的深度。

逸歌一直很安靜。不吵不鬧，也不再盤算著趁隙逃走了，這反而令莊一更加戒備。他去五金行買回更牢靠的鐵鍊及金屬零件換上。

一旦投入於故事之中，頓時就感到生活萬般瑣事都很麻煩。他想不起來上次洗澡是幾天前。就連現在肚子餓不餓都感覺不太出來。只有口渴的感受是清楚的，他不忘補充水分。客廳從很久前開始就積了不少袋垃圾。

莊一不斷自問，靈感會從哪裡來？故事要精采的條件是什麼？充滿魅力的角色是什麼人物？我寫小說是要取悅哪一類人？讀者是哪些族群？是哪些人會想看相崎一歌的故事？他每次思考就宛如陷入迷宮，最後總是逃離般地離開書房。

外出喘口氣的次數與日俱增。他試圖說服自己，現在不是把大腦裡的東西向外輸出的時間，而是把觀察到的東西一個接一個收進來的輸入時間。最近上映的電影他差不多都看過了，也買了新上市的遊戲主機和遊戲，沉迷其中好幾天，還買了好幾套書腰上寫著引起廣大迴響的漫畫回來看。

他漫無目的地搭電車，在不曾造訪的車站下車。距離逸歌家公寓有好幾站的地方有一座大公園，是他最近喜歡去的地方。

那一天，莊一坐在長椅上，突然有人叫他。

「月村？」

莊一抬起頭，眼前的男性似曾相識。好幾秒鐘後，他才想起那是之前任職的那間公司裡的上司杉田。

「你果然是月村，對吧？」

「……杉田先生，你好。」

杉田臉上浮現出友好的笑容，就要走到莊一身旁坐下來。不過他在坐下前忽然改變了主意。大概是察覺到寄宿於莊一裡面的某樣東西，想要與之保持距離。

「你住在這附近嗎？」

「差不多。杉田先生也是嗎？」

「對，我來遛狗。不過牠跑掉了，活力太充沛了。」

你要不要陪我一起找？杉田接著問。莊一懶得想理由拒絕，下意識從長椅站起身。他決定就順勢裝作在找狗，悄悄從公園的出口離開。

「你突然辭職，我嚇了一大跳。後來過得怎麼樣？」

「……我現在從事其他工作。」

「這樣呀……，看來你過得不錯，那就好。」

杉田一邊走一邊呼喊自己養的那隻狗的名字，好像叫作「小愛」。莊一立刻就領悟到這名字是他取的。他都這把年紀了，還能大喊也不知道在不在附近的狗狗名字。沒錯。他就是這樣一個人。

「杉田先生，你好像沒什麼變。」

「我倒是很訝異你的改變。我還是確定一下，你真的是月村吧？」

莊一和杉田四目相交。看見他的瞳孔中淺淺倒映出自己的身影。自己現在是怎樣的一張臉？臉上又浮現著什麼樣的表情？

「你真的有辦法維生嗎？有工作嗎？」

「不用擔心，沒問題。」

「……只要你願意，我可以爭取幫你復職。」

「事到如今，回不去了。」

莊一不可能回頭。

他早就跨過了那條邊界線，現在已站在地平線彼端了。

對那傢伙的制裁尚未結束。復仇尚未結束，自己根本還未獲得任何滿足，也還沒能成為某個人。自己還沒能徹底成為相崎一歌。

不能停下來。

即使放眼望去只見一片黑暗，也只能向前走。即使信念飄忽朦朧，也沒有停下腳步的選項。即使孤獨，即使孑然一身；即使沒有夥伴，也只能不斷向前行。

「我的變化有那麼大嗎？」

「與其說是變化——」

杉田正要往下說時，兩人看見一隻狗朝這個方向跑過來。是一隻黑色的巴哥犬。唰唰唰，牠拖著水藍色的牽繩直直朝杉田衝過去。杉田一蹲下來，那隻巴哥就加快速度朝他跑去。莊一看著杉田穩穩接住巴哥後，邁開腳步。

「你要走了嗎？」

聽見杉田的話，莊一回頭，帶著自嘲意味地笑了。

「我也得回去看看狗的情況才行。」

編輯笹鄉寄來電子郵件表示想通電話討論一下。莊一回信說自己喉嚨不舒服聲音沙啞，編輯卻不退讓，說沒關係至少希望聊一次。莊一沒轍，只好接起電話。

「老師要不要寫寫看短篇呢？」

「短篇嗎？」

「這次決定要推出選集。相崎老師，你今年二十四歲，對吧？這次的主概念是由二十四歲的作家來描寫二十四歲主角的故事，很希望能邀請到老師執筆，老師意下如何呢？最近正好新書的大綱又有點觸礁……雖然也不是說用短篇來轉換心情……」

編輯的意思簡單來說就是，希望自己把短篇小說當作突破瓶頸的契機。反過來說，要是連這次的短篇都寫不出來，相崎一歌真的就完蛋了。

「我寫。」

「……相崎老師？」

「沒錯。截稿日是什麼時候？」

「那個……大綱完成後先寄給我，理想情況是希望老師能在大約一個月內完成初稿……」

編輯回答時突然欲言又止。他為什麼突然這樣？莊一心生疑惑，這才注意到自己犯下了天大的錯誤。剛才忘記裝出沙啞的聲音了。不小心用自己原本的聲音講話了。

莊一把耳朵貼到外接喇叭上。笹鄉依舊沉默，只聽見心臟好像壞掉一樣劇烈鼓動的聲響。他沒有發現。沒事的。沒事。

「那個，不好意思。」

笹鄉說：

「……你真的是相崎老師吧？」

莊一掛上電話。

然後立刻寄了封電子郵件過去解釋。剛才訊號太差電話突然斷線了。我願意寫短篇。麻煩了。

莊一寄出後，就關掉郵件軟體。

是短篇，別去想其他事。不可能事到如今才露出馬腳。現在只能思考短篇的事，得想個大綱。二十四歲的主角，條件就只有這樣。要寫什麼才好？怎麼樣的故事才會像相崎一歌的小說？

莊一掙扎似地一一點開筆記型電腦桌面上的資料夾。逸歌過去的原稿，出版合約相關檔案，封面插圖的檔案一一出現。

就在莊一想要打開其中一個資料夾時。出現的並不是資料夾裡的檔案，而是要輸入密碼的對話框。這個畫面莊一之前也看過，自己是很熟悉的。

莊一走出書房來到客廳。沒看見原本應該待在角落的逸歌，一瞬間陷入恐慌。下一刻他馬上想起來，自己把逸歌關進寢室了。因為他哀求著想在床上睡覺。

莊一猛然打開寢室的門，逸歌從床上跳起來看向這裡。他揉揉眼睛，右手手銬上連著的鐵鍊發出撞擊聲。

「怎麼了？現在幾點？」

「告訴我。」

莊一一把抓住逸歌。他的頭撞上牆壁，發出沉甸甸的聲響。逸歌痛得呻吟，一邊回應：

「你冷靜點，到底是什麼事？」

「你的筆電。上鎖的那個資料夾。裡面有大綱吧？」

逸歌不說話，所有情緒從那張臉上消失了。他選擇用這種方式隱瞞，就是再清楚不過的回答。

「告訴我密碼，我需要大綱。」

「好臭。」

「啊？」

「你好臭，莊一。你幾天沒洗澡了？至少去沖個澡吧？還是這是我自己身上的臭味？如果是這樣，我們兩個都很淒慘。」

床邊就擺著一個全身鏡。莊一注意到了那面鏡子，他刻意不看，因為害怕看見自己此刻的模樣。

「你簡直就是野獸，莊一。」

6

莊一想過幾次不如放棄好了，最終仍決定邁出腳步。他穿過自動門，側眼瞥向陳列文藝類新書的平台，繼續朝書店裡面走去。

無論哪個文藝類書架的平台上，都已經沒有相崎一歌的小說了。好不容易才找到的《反叛的送葬者》也只有一本，放在書架裡，在一片書背中拚命彰顯自己的存在感。這就是現實。新故事隨時都在誕生。書店，就是一個新陳代謝不斷循環的生物。

回家路上他順道去了趟超市，採買最低限度的生活必需品。他在排隊等結帳時，忽然想起自己好一陣子沒去便當店「五彩繽紛」露臉了。他原本打算吃泡麵打發一餐，但臨時改變心意過去買午餐。

一走進店裡，正在接待顧客的瑠奈立刻映入眼簾。那位顧客正準備離開。瑠奈看見與那位顧客擦身而過走進店內的莊一，驚訝般微微張開嘴。

「……你該不會是莊一先生？」

「好久不見。」

「你、你好。」

兩人目光對上，瑠奈別開眼，笑容從她臉上隱沒。雖然沒有消失殆盡，但就像是在盡義務似地殘留著淺淺微笑。她明顯對自己的模樣感到困惑，莊一開始後悔自己過來了。

「麻煩給我一個幕之內便當……和一個中華便當。」

「謝謝。」

她向站在廚房的雙親喊訂單的聲音也沒了平時的朝氣。雙肩僵硬、緊繃。

「我上次來是什麼時候？」莊一問。

「大概半年前吧。」

「半年？過這麼久了？」

「莊一先生，那個……」

瑠奈欲言又止，最終還是閉上嘴，兩人的交談戛然而止。莊一結好帳，接過便當，快步走到店外。回去的路上他才想起，剛才沒玩猜職業的那個遊戲。

回家後，他立刻走到書房。在遭到囚禁的逸歌面前，把熱騰騰的便當吃個精光。逸歌的肚子叫得很大聲，他感受到一種與目的無關的折磨他人的快感。莊一吃完後，才拿出中華便當到逸歌面前。

「光靠營養果凍飲的日子，你差不多也要撐不下去了吧？你都瘦到只剩皮包骨了。你這副鬼樣子，就算我放你自由，你暫時也寫不了東西吧。」

「你想要我做什麼？」

「不是很明顯嗎？」

莊一逼近，抓住逸歌的手臂。他的手臂現在真的細到似乎一折就斷的程度。他抵抗的力氣也極度虛弱。這還是原本是我朋友的那個人嗎？

「當然是資料夾的密碼。只要告訴我這個就好。你在固執什麼？只要你告訴我，相崎一歌就能順利度過存亡關頭。」

莊一繼續說：

「不管是中華便當還是其他的東西，只要你想吃的，我都會讓你吃。醜話說在前頭，我可不會手下留情。現在這樣還算溫和。你最好趁現在就回答。」

「你看太多低級的黑幫電影了，你才沒辦法嚴刑逼供。」

「你就一邊吸你的果凍飲一邊叫好了。」

莊一收起中華便當，準備要離開房間。用食物沒效。必須再想其他辦法。什麼好？做什麼最能讓這傢伙痛苦？

逸歌終於透露一點資訊，是在莊一打開門正要踏出去的那一刻。

「姬野。」

莊一的半個身體都已經到走廊上了，但他頓時停下所有動作，回頭看向逸歌。

「……那就是密碼嗎？」

「是提示，我設了跟姬野一樣的密碼。高中時，姬野在她那台筆電裡用的密碼。」

「你為什麼知道姬野的密碼？」

逸歌沒有回答。然後，莊一推測出一切。「啊啊……」他發出呻吟般的聲音，忍不住脫口而出：

「你們當時果然在交往。我的直覺是準確的。姬野死後你和我說的那句話也是假的。姬野喜歡的根本不是我。你發揮無謂的體貼，對我說了白色謊言。對吧？」

逸歌沒有回答。

為什麼事情會走到這步田地呢？莊一忽然回神。這種情況，是姬野當初所期望的嗎？她說不定會很失望。可是自己不會徹底否定一切。自己想要如此相信，希望她會理解。已經不能回頭了，事到如今只能這樣做了。

「密碼是數字嗎？還是文字？」

「這問題太蠢了，莊一。」

他說的確實沒錯。高中時，那段時期，三人都一心想要成為小說家。三人花最多時間相處的，就是文字。姬野這麼講究細節，密碼肯定也是花時間想出來的。她一定會選擇一個富有意義的字眼，一個足以認定「這就是最好的」的字。

「我告訴你了。」

逸歌的視線轉向莊一手裡的中華便當。莊一認為自己應該直接走出去。你別搞錯了，什麼提示，這可不是在玩遊戲，我想要的是答案，莊一有股想要這樣痛罵的衝動。不過逸歌說不定還會再透露其他提示。如果給他一點甜頭，或許會更容易說溜嘴。

莊一沉默地遞出中華便當。他還沒走出房間，就聽見逸歌開始大快朵頤的聲音。

要收進選集裡的短篇小說大綱截止日逐漸逼近。這一次，莊一終究是放棄了自己發想故事。他翻遍逸歌的筆電，找到了他高中時寫的短篇。大學女生山田芽衣中了彩券，然後又失去一切的故事。莊一決定把這個故事當成救命稻草。

他配合主概念「二十四歲的主角」修改設定，簡單整理出一份大綱後，用電子郵件寄出，企畫很簡單地通過了。

他原本是打算自己從頭開始寫。到截稿日前還有一個星期，可是密碼那件事陰魂不散地干擾他寫作的思緒。注意力總會飄走，等回過神來才發現自己已打開了逸歌的筆電，正在嘗試破解密碼。

他拚命回想高中時姬野說過的話，但對於莊一而言，這等同於回溯過往的痛苦記憶。那是自己心中最燦爛耀眼，情感深受撼動的一段歲月，是一場挖掘傷口的旅程。

莊一回想她輸入密碼開啟資料夾時的身影。自己曾在社辦看過許多次那個場景。差不多一秒鐘。應該不是太長的字眼。大概四個字到六個字前後吧？自己還想得起什麼？

莊一也曾嘗試用羅馬拼音和英文輸入其他詞。「故事」、「創作」、「小說」、「書」，舉凡他想得到的全都打進去試過了，但全部落空。

「創作的野獸」，這個詞自己一開始是從逸歌那裡聽來的，但他以前說是聽姬野講的。也就是說，最先提出這個詞的人是姬野。莊一又輸入「創作的野獸」和由此聯想到的其他詞。沒有一個是正確的密碼。無數沒用的密碼散落在莊一腳邊，一個星期就這樣過去了。

編輯笹鄉打電話來，莊一才發覺短篇的截稿日已經過了。編輯在那通電話前曾發過好幾封電子郵件，莊一卻都沒有注意到。

「現在情況如何？大概還需要多久能寫完呢？」

「這週內會完成。不好意思。」

「我在等老師寫完喔。這次的大綱很出色，感覺應該會很精采。社會新鮮人因一筆鉅款人生發生巨變，中間的心理過程如果能深入描寫一定會很棒。我很期待看到一篇充滿相崎一歌風格的作品。」

「是，我會加快腳步的。」

那時，書房傳來逸歌的叫聲。他大聲說，我要去廁所。莊一暗自祈禱編輯沒聽見聲音，趕緊掛上電話。

逸歌上完廁所後，莊一就用電擊棒將他電暈，把他關進寢室裡，才又窩進書房面對原稿。但是他連一個字都寫不出來，自己終於連文章都寫不出來了嗎？簡直就像是之前的逸歌。

他完全沒辦法集中精神，沒辦法做好化身相崎一歌的準備。明明只要打開那個資料夾，一切問題就能解決了。用裡面的靈感寫好長篇小說的大綱，通過那份新企畫。那樣一來，一切就能暫時恢復原狀。果然還是只有那個辦法，那是自己能以相崎一歌的身分存在的唯一一條路。

到了截稿日兩天前，莊一決定要借用逸歌高中時寫的那份原稿。主角的設定必須要修改，他利用剩下的幾天改好後就把原稿寄出。

隔週一，責任編輯回了信。

「很出色，就用這個故事吧。」

莊一在家裡搜尋逸歌的身影，他連自己把逸歌關在哪裡都忘記了。他找過客廳，也找過寢室，都沒看見人。最後是在書房發現逸歌。逸歌正在看導致自己罹患寫作易普症的那本《她和愛的一切》。

「我有個提議。」

莊一一開口，逸歌就從書本抬起頭。

「提議？」

「由你發想企畫，然後你寫好大綱，由我來寫成故事。兩人三腳成為相崎一歌怎麼樣？姬野一定也會高興的。」

「莊一。」

那雙眼睛說著你還是不懂。

「我已經克服寫作的易普症了。莊一，我現在就算沒有你幫忙也能寫稿。就算我退一百步接受這個提議好了，條件是要解開這個手銬和腳鐐。」

「那個沒辦法。」

「只要你放我自由，就算有一天你悄悄離開這裡，我也不會向任何人透露這件事。當然也不會報警。我們就算扯平了。」

他也一樣，什麼都不懂。

「那我獲得了什麼？」

「你出了兩本書。用自己的文字。那就夠了吧？」

看吧，他果然不懂。只要離開這裡，莊一就再也沒有容身之處可以證明自己了。他也回不去正常的生活了。他的人生早就壞掉了。

最重要的是，他已經捨不得放棄相崎一歌了。身為小說家的喜悅，渴望寫作，渴望創作更多故事，他已經無法按捺那股衝動。這裡是唯一一個自己勉強還能算是人的地方。

「你會說出這種提議，看來你還沒有猜出密碼吧。」

他這些話，促使莊一下定決心採取下一步行動。談判破裂。又一次，自己選擇踏上無法挽回的道路。

莊一走近，握住逸歌的手。逸歌不懂他打算做什麼，露出困惑的神情。

「你現在的手指細成這樣，連我也折得斷。就算有一天我放你自由，只要沒了手指，你也不能寫作。沒錯吧？」

莊一從懷中掏出一把園藝用的修枝剪。逸歌的目光再也離不開那把剪刀。好像只要豎耳傾聽就能從這裡聽見他的心跳聲。

「……住手，莊一。」

「告訴我密碼，只要這樣就夠了。」

「我已經給你提示了吧。答案就在高中時和姬野的談話中，我也是那樣猜到的。」

「提示有個屁用啊！」

莊一大吼。

「你為什麼要這麼堅持不肯告訴我答案。你是在考驗我嗎？事情都到這步田地了，考驗我是否配得上相崎一歌？或者是你其實還沒有放棄？你以為自己還能搶回來嗎？我可不會讓你如願。」

那把剪刀逐漸逼近手指，逸歌用戴著手銬的那隻手揮開。剪刀從莊一手中滑落，掉到桌子下面。

就在莊一走過去撿剪刀時，一段對話忽然閃現腦海。同時間，當時的畫面乘著來自過去的風飄進腦海。

「妳是一瞬間就想到了嗎？」

「對，我在這間社辦裡立刻就決定了。」

三人都在的社辦。

面對逸歌的問題，姬野淡淡回答的身影。

剛剛那段對話是在講什麼？那段對話是什麼時候說的？前面是發生了什麼事才會有那段對話？

「只要你猜中密碼，我就把相崎一歌讓給你。」

逸歌主動表示，莊一回過神，明明只差一點點就要想起來了。

「但在你猜中前都不算。你如果連姬野的內心都猜不透，就沒有資格擁有相崎一歌這個名字。」

「你又說這種話？」

「你知道我為相崎一歌犧牲了多少時間嗎？寫出完美的小說。這麼多年來我只為這個目標而活。不管是正常的學生生活，或者是安穩的社會人士身分，我全都放棄了。你是以為我都沒有努力嗎？以為我只是盡情寫自己喜歡的作品，就本本暢銷的天才作家嗎？」

「不是那樣嗎？」

逸歌猛然挨近。

「開什麼玩笑。你知道我為了寫稿花多少時間絞盡腦汁嗎？你知道我是多努力在面對故事和角色嗎？你知道我重寫了多少次嗎？你如果不能理解，那就算了，但我是不會輕易讓給你的。這是我身為作家的驕傲。」

莊一聽他說時，感到一直咬緊牙關的嘴巴裡有什麼東西「喀哩」一聲碎裂了。他吐出來，原來是牙齒的碎片。作家的驕傲，講得好像他才擁有那種東西似的。莊一想說點什麼反駁，但借用逸歌以前原稿的事在腦海中揮之不去。

莊一擦拭從嘴角流下的鮮血，放棄撿起那把剪刀，轉身走回逸歌面前。

「我又從你口中獲得了一個提示，所以今天暫且饒過你。」

莊一抓住他的手臂，逸歌試圖抵抗，但莊一把手臂壓在書架的邊緣上，利用槓桿原理施力。莊一無視逸歌的慘叫，再把全身重量都壓上去。逸歌朝他的側腹揮拳，但莊一沒有停下動作。最後，宛如樹枝斷裂般的無情聲音響起。

逸歌抱著自己的手臂不斷尖叫，莊一走開，平靜地撿起剪刀，直接離開了書房。從他口中得到了新提示。答案就藏在高中時和姬野的談話裡。還有自己想起的那段對話。

還遺漏了一些細節。但她那樣說了，她確實說過，是在社辦決定的。答案就在那間社辦裡。只要去一趟那裡，一定就能靠近答案。

待在這裡也想不出來。再去那裡一次吧。

就算別人認為自己太荒唐也無所謂，做得到的事，自己全都會去做。作家肯定就是這種生物。

莊一在中午前後來到校門前。從教學大樓傳來鐘聲。這時間的鐘聲意味著什麼，莊一依然記得。宣告午休結束，第三節課開始。

母校的外觀幾乎沒有變化。新修補的痕跡或劣化導致的裂痕，無法一眼分辨。看起來像是一個被時間遺留下來的地方。

莊一穿過校門，朝教學大樓的入口走去。光是這樣走著，高中時的記憶就鮮明地復甦。自己一個人走這段路上學。幾乎不曾在半路上遇見班上同學一起走，也不曾在放學後順道去哪裡玩。總是形單影隻。跟現在不是一樣嗎？莊一莫名地稍稍感到安心。人是不會那麼輕易就改變的。只是經過歲月的洗禮，愈來愈擅長掩飾真心而已。

入口的玻璃門上貼著幾張紙，其中有一張寫著「畢業生回訪母校的相關注意事項」。上面說請到隔壁辦公室一趟，莊一便按照地圖走過去。

莊一從入口朝建築物背面走去，一眼就看到自己要去的那間辦公室。他一踏進去，立刻就有女性職員過來招呼。那位職員看了眼莊一全身上下，皺起眉頭，明顯拉高戒心。

「不好意思。我叫作月村莊一，是這間學校的畢業生。我想回去一個地方看看。」莊一用過來這裡的路上，在腦海中反覆練習過的一段話表明來意。

「請問你已經預約了嗎？請告訴我當時接電話的老師或職員姓名。」

「沒有，我沒有預約。」

他衝出家裡還不到兩小時。現在冷靜想想，的確是應該事先聯繫，也該先整理一下服裝儀容。要是對方拒絕該怎麼辦？暫時撤退，晚上再偷闖進來好了。現在沒有那種閒工夫等改天再來了。照理說應該辦得到。只是需要先視察防盜設備。莊一已經迅速在腦中規劃步驟時，職員又拋來新的問題。

「你有證件嗎？還有，你記得在校年度、導師或自己是哪一班的嗎？」

莊一遞出駕照。班導師的姓名和班級他都記得。職員離開接待櫃檯，走到附近的書櫃取出一本藍色資料夾核對。

不知從哪間教室傳來笑聲，莊一正聽得出神時，女性職員就回來了。她一邊交還駕照一邊說：

「我確認過了。出於一些原因，會由我在旁邊陪同，可以嗎？」

「沒問題。」

「順便問一下，請問你想去哪裡？」

「別館三樓，最裡面那間社辦。以前應該是文藝同好會。」

「現在也是喔。」

女性職員遞來綁著紅線的入校許可證。她看見莊一掛到脖子上後，便從接待處出來，走在前頭。

朝別館走去的路上，女性職員像在身家調查似地一直主動搭話。像是下次過來前要記得先預約，你要去找當年的導師嗎，在學校時參加了哪個社團之類的問題。

兩人到了別館後，爬上階梯。和以前一樣的綠色油氈地面，昏暗的燈光，從窗戶灑進來的光亮中懸浮的灰塵，一切都令人無比懷念。

終於社辦就在眼前了。門看起來並沒有變化。裡面又是如何？要是改變得太多，這裡就喪失提供線索的功能了。

女性職員打開社辦的門鎖。看來現在和三人在的當時不同了，會好好上鎖。職員說「請進」，退了一步讓莊一走進社辦。

莊一的期待落空，裡面完全變了一個樣。過來這裡的一路上明明都難以察覺出變化，只有這間社辦明顯與三人待的那時候不同了。

原本放在窗邊的沙發沒了，現在擺著四張平常教室裡用的那種桌子，兩兩相對併在一起。同樣由四張書桌併成的小島還有另一座。現在的成員可能在八位上下吧。

書架也從木製的換成堅固的鐵製品。原本只有一面牆是書架，現在兩面牆都是了。藏書量當然也更多了。

天花板上的污漬跟以前在同一個位置，莊一終於有了自己回到社辦的真實感。三人真的曾經待在這裡。不管是桌子或沙發的位置，他全都能正確地回想起來。就連書架摸起來的觸感都依然殘留在手中。

「只要一下子就好，可以讓我一個人待著嗎？」

聽見莊一的請求，女性職員在思考幾秒鐘後，簡短回應「我知道了」便走出去。莊一關上社辦的門，裡面只剩他一個人。

提示，就藏在這間學校、社辦、中庭、放學後的校外，或是假日一起去的地方。儘管短暫如一瞬間，卻綻放出熱烈璀璨光芒的青春歲月。在那些時光中的某處就藏著提示。藏著幫助自己猜中密碼的線索，還有那段對話的後續。

在擺設完全不同的社辦中，還有留下那樣讓姬野靈光乍現的東西嗎？莊一幾乎要焦躁起來，他趕緊安撫自己。要是不能靜下心觀察，就會連原本看得見的東西也看不到了。

他在社辦裡稍微走動。隨意瞥向書架時，發現上面有一本相崎一歌的小說。

莊一伸手抽出來，是相崎一歌的出道作品。腦中浮現出在自習室寫作時，逸歌拿來給自己看的那座獎盃。相崎一歌的歷史就從那一刻開始。

到再次開始寫作前，中間空白了好一陣子。剛失去姬野的那段日子，自己陷入深深的失落，提不起勁做任何事。

再沿著時間軸往前回想。姬野提議「我們去爬山」。她說自己正在寫新作，想去取材。當時的莊一每天都焦慮地想「自己得趕緊追上他們兩個」。

時間再向前，莊一撞見姬野和逸歌兩個人在講話。從當時的氣氛，他察覺出兩人正在交往。他當時的直覺並沒有錯。

時間再向前，再向前，再向前。

逸歌知道密碼是什麼。他想起來了。率先抵達正確的記憶片段，找出了答案。他之所以辦得到，應該是因為那個提示就藏在姬野和逸歌曾經的對話中吧？相較於別人的交談內容，自己在對話時聽到的內容會記得更清楚，這很合理。

密碼，姬野把正式寫作前的靈感和大綱都收在裡面。她仔細收存，避免被任何人看見。對，收存。她當時就是用這個字眼。自己記得很清楚。那是什麼時候的對話？

時間再向前。回憶中的姬野說，設了密碼，這個資料夾只有自己能看。因為靈感是很珍貴的。逸歌很欣賞她這種作法。

沒錯，是那一天的對話。

「這方法不錯，我也這樣做好了。對了，妳設什麼當密碼？」

「告訴你就沒意義了吧。」

「提示一下嘛，妳是一瞬間就想到了嗎？」

「對。我在這間社辦裡立刻就決定了。」

姬野當時是怎麼回答的？

「是活下去不可或缺的東西。總是在身邊的東西。我老是忘東忘西的，才決定用這個當密碼。」

那就是提示。

逸歌一副興致勃勃很想知道密碼的樣子。更準確來說，他是覺得用這件事逗姬野很好玩。姬野以一句「你很煩耶」，替這個話題畫下句點。她只在那一次提及了自己的密碼。

活下去不可或缺的東西，總是出現在這間社辦裡的東西。

不久後，莊一想到的是——

「……難不成——」

一個單字。

但真的是那麼簡單的東西嗎？他立刻又感到不安。不是更複雜、更重要又更有象徵性的單字嗎？他試圖否定自己的想法，但念頭一旦冒了出來，就在腦中縈繞不去了。

打字輸入的時間大概在一秒鐘上下，四到六個字母。自己的記憶跟剛才推導出來的那個單字互不矛盾。莊一逐漸確定自己是對的。

等回過神，他已衝出了社辦。

在前往逸歌家公寓的路上，電車會停靠自己住處附近那一站。哐噹，電車門在空洞的聲響中開啟。沒有人上車，也沒有人下車，只有時間徒然流逝。莊一在此刻想起了自己家中姬野的那台筆電。

逸歌說過，他用了和姬野電腦裡那個資料夾一樣的密碼。說不定可以用姬野那台電腦來驗證自己想出來的答案是否正確。應該回家一趟試試看嗎？

他還在猶豫時，電車要開動的鈴聲響了。莊一決定還是直接回逸歌家好了。現在的一分一秒都很珍貴。在自己做這些事時，說不定已經有人忘記名為相崎一歌的作家了，那意味著相崎一歌的壽命逐漸走向盡頭。

莊一走下電車，穿過剪票口，就又跑了起來。他跑過書店旁，跑過超市，跑過便當店。

他跑回公寓大廈，踏進電梯。要是密碼真的錯了呢？內心一個聲音不斷發出質疑。莊一害怕得不得了。他從踏出那間讓自己得出答案的社辦時，就害怕自己的信心可能動搖，但沒有變成那樣。他的腳步也沒有停歇。

他回家後，立刻打開客廳餐桌上逸歌的筆電。他點開自己要找的那個資料夾，螢幕上出現要求輸入密碼的對話框。

在那間社辦裡，時時刻刻都在姬野身邊的東西。她在寫作時，隨時將那個東西放在身側。人類活著不可或缺的東西。

那是，

「water」

水。

姬野在社辦裡常喝的，水。

莊一輸入完畢，按下enter。一瞬間，她的身影浮現在腦海中，是在圖書館淋成落湯雞跑過來的模樣。

密碼錯誤，平時常看到的這句話沒有出現。

資料夾打開了，莊一獲得了相崎一歌的一切。

太棒了。這下就沒問題了。

莊一原以為裡面會有數不清的資料夾。自從逸歌成為作家至今，沒有時間整理成完整的企畫、依然沉睡的許多靈感。他一直以為自己必須做的第一件事，會是先從中挑選。

可是，資料夾裡只有兩個WORD檔。密碼正確的喜悅一瞬間就煙消雲散了。

「……只有這些？」

只有兩個？他這一路走來根本沒有累積靈感嗎？他一直裝腔作勢努力隱藏的東西，就是這個嗎？不可能。既然都特地保管靈感筆記了，不可能只有這樣。莊一不斷按重新整理。但檔案的數目並沒有變化。

難道是假的資料夾？那樣也很奇怪。沒人會為了保護這種假貨忍受那種威脅，還差點失去自己的手指。這個一定是真的，是逸歌之前一直在隱藏的東西。

哪裡不對勁。

莊一看向那兩個檔案的檔名，有種奇怪的感覺。

第一個檔案寫著「Himeno」，第二個檔案則寫著「Souichi」，檔名是自己跟姬野的名字。不對。這根本不是新作靈感，也不是什麼大綱，根本是其他東西。不是自己想要的東西。

逸歌一直努力在保護的究竟是什麼？話說回來，他想保護嗎？他真的打算隱藏這個嗎？提供自己線索，甚至不斷從旁搧風點火的是誰？

莊一移動游標。先點開寫著「Himeno」的那個WORD檔。上面顯現出直式的一行行文字，內容這樣寫著。

關於姬野的大綱

【感想、備忘】

我告訴她自己的心情，但她沒有接受。她可能喜歡莊一。我決定將計畫付諸實行。從中了解失去重要的人是什麼樣的心情。在推動計畫的過程中，千萬不能感情用事，一定要冷靜應對。絕不能讓她白白死去。

【大致流程及預定計畫】

1. 挑選姬野意外死去的地點。哪裡好？
決定是山。附近有一座山叫作影菱山，登山路線還算簡單。聽說其中有一條路線每隔幾年就會有山友傷亡。就是這裡了。

2. 推薦小說給姬野。山，或者是會讓她聯想到山的小說。
決定是遇難題材的《愛著湯姆．戈登的女孩》。雖然故事的背景不是山，是森林，但還在容許範圍內。我以前就借過她史蒂芬．金的小說。現在主動借這本書並不會顯得突兀，感覺很自然。

3. 姬野受到小說內容的影響，提議想去爬山。一定要等她自己主動開口。以防萬一，在《愛著湯姆．戈登的女孩》外再多準備幾本小說。我要用一種自然的方式誘導她選擇去山上。

4. 提議大家分頭走影菱山的三條路線。要讓姬野選擇馬背那條路線。這裡一定要做到。只要能順利分頭走，就跟在姬野後面。
在登上馬背的山崖下手。千萬不要猶豫。
（※當天，自己要提早過去，最後再確定一次路線上的情況。場勘完畢後，就回到車站。也要注意天氣。千萬不要忘記換下弄髒的鞋子！）

5. 在山頂和莊一會合後，一起去找姬野。在我們尋找的過程中發現她也可以。一直找不到，通報搜救隊也行。就看當時狀況隨機應變。
找到遺體，被判定為意外後，計畫完結。

「這個備忘，是什麼……」

與其說是備忘，根本是一份計畫，簡直就是小說大綱，用平淡的文字列出行動項目。實際上，篇名上也寫著「大綱」。

莊一想打開檔案的「內容」。他的手止不住顫抖，好幾次都按到其他地方。

檔案的建立日期是七年前的三月。換句話說，這是在她過世兩個月前寫的內容。

姬野為什麼會說要去爬山？

最先提議去爬那座山的是誰？

逸歌為什麼會遲到？

說好在目的地集合，他為什麼會比自己和姬野更早到那個車站？

促成大家分頭走不同路線的人是？姬野會選擇馬背那條路線，是受到誰的話影響？

過去的一段段對話浮現腦海。逸歌說出的那些話，他所有話裡的意思，都不堪一擊地崩塌，逐漸碎裂、散落一地。

「姬野曾說過，這是一場比賽，看誰最先成為小說家。那個約定還沒有實現，所以我要寫。花多少年都無所謂。我會一直寫下去。」

「她比任何人都熱愛小說，不能讓她成為我們遠離小說的理由。」

「不能寫作的小說家就沒有價值。我要是不能繼續當小說家，我們就無法達成和姬野約定好的目標了。我討厭那樣。」

「不，害死姬野的是野獸。」

自己必須問清楚。

必須直接向他確認。

他現在在哪裡？寢室？書房？莊一幾小時前是在書房折斷他手臂的，他在那裡。

莊一正要抱起筆記型電腦，驀地，他想起還有另外一個WORD檔。

檔名寫著「Souichi」的文件檔。莊一並不是忘了，而是刻意推出意識角落。

他把筆電重新放好，點開那個文件檔。

同樣是直式的文字內容躍於螢幕上。

關於莊一的大綱

【感想、備忘】

和莊一碰面的時間到了。這是取材，為了寫出完美的小說。前置準備工作都完成了。創作的野獸也仍舊潛伏在他的心底。

【大致流程及預定計畫】

1. 主動聯繫，與莊一接觸。向他坦承自己因罹患寫作的易普症，非常苦惱。說自己有閱讀障礙，只要想打字，手就會不停發抖、動不了之類的。事前要先出版一本引發易普症的小說。

（※小說內容要描寫和妄想裡的姬野談戀愛的故事。書名未定。）

2. 莊一接受代筆工作。在完成一篇短篇小說，或者是一部長篇小說後，囚禁莊一。囚禁需要的各項道具要預先準備好。最遲也要在半年前買齊所有道具。

在這次執筆前或後，莊一說不定會在小說裡加工。不要忘記檢查文字內容。

在囚禁他以後，故意露出幾次破綻，試探他的反應。喝醉之類的？

3. 在適當的時機，告訴莊一自己的易普症好了。同時用其他方式逐步刺激莊一的創作欲望。讓莊一辭掉工作，將他逼入絕境也是一招。當莊一主動大幅度改寫小說時，時機就成熟了。這次應該會換莊一囚禁我。

4. 自己遭到囚禁，暫時沒辦法自由活動。要有心理準備，那可能是很長的一段期間。一年到五年左右？莊一從這裡開始的行動無法預測。他冒充相崎一歌會順利嗎？或者會在哪裡露出馬腳？

5. 在我判斷取材結束的時間點聯繫編輯，或者是自己打電話報警。我希望留下一個證人，編輯是比較理想的選擇。先把一支手機藏起來。報警後，警方趕到。莊一遭到逮捕，結束。

創作的野獸。

真正的野獸就近在咫尺。潛伏在那條走廊盡頭的房間裡，一個看不清真面目的生物。那是貨真價實的創作野獸。

莊一抱起筆電，衝進書房。

逸歌在被窩上，依然哭喪著臉盯著折斷的右手臂，然後懇求似地說：

「莊一……莊一，我拜託你，送我去醫院。太痛了。」

「夠了，你別再演戲了！」

「你在說什麼？莊一。」

莊一把筆電螢幕拿到他眼前。

那瞬間，所有情緒立刻從逸歌臉上消失。莊一只是不斷吼著不成語言的內容，幾乎接近慘叫。

一切都是你設計的嗎？你從一開始就決定會變成這樣了嗎？你為了自己的取材利用我嗎？姬野是你殺的嗎？莊一想說的原本是這些。在莊一喊叫時，逸歌膽怯似地垂著頭。

不久後他抬起頭，莊一啞口無言。

逸歌在笑。

他沉默依舊，卻道出了答案。從很久以前開始就是這樣，逸歌總是擅長用神態回答。第一次在社辦碰面時的那張臉龐浮現腦海，和此刻的他重疊了。

「你解開了嗎，還真快。」

「逸歌……」

「你拿出園藝剪刀時，我真的緊張了。那真是出乎我意料之外。沒想到你居然會折斷我的手臂。」

「你，你……！」

「怎麼樣？你要把我交給警方嗎？可是現在這個狀況你要怎麼說明？你能說自己完全不是加害者嗎？還是有心理準備自己多少要背上一點罪，選擇坦承一切呢？還是你要在這裡殺了我？這也不壞。只是，莊一……」

逸歌說：

「很遺憾，你沒時間了。」

他沒受傷的那隻手動了，從長褲口袋掏出一支手機舉高。莊一來這裡後，第一次看到這支手機。他頓時臉色發白。

莊一想起寫在大綱裡的最後那句話。

「報警後，警方趕到。莊一遭到逮捕，結束。」

必須離開這裡，必須立刻離開這裡才行。

莊一展開行動，伸手握住門把，幾乎同時，門鈴響了。莊一停下動作，屏息掩藏自己的氣息。現在這時機太糟糕了。要是被人看到這個情況就慘了。

門鈴響個不停。第兩次，第三次，又接著響了第四次。

「喂！在這裡！」

背後傳來逸歌的叫聲。他揮動折斷的手臂，不斷捶向書架。磅、磅、磅的撞擊聲響徹屋內。

莊一跑過去要阻止他，逸歌卻衝過來搶走筆電。東西被野獸搶走，莊一愣在原地。

「救救我！住手，莊一！我會被殺！」

逸歌發出逼真的慘叫，舉起電腦就往地板猛砸。鍵盤和螢幕徹底分離，破裂的螢幕零件朝莊一飛過來。

逸歌沒有停手。他的目的很清楚。破壞檔案，把裝有證據的機體摔爛到無法修復。

「住手！」

莊一朝逸歌撲過去。用近乎擒抱的姿勢撞上去，兩人倒在地板上。逸歌身上連著手銬和腳銬的鐵鍊劇烈甩動，把莊一整個纏住。逸歌臉上浮現笑容大喊，「救命！啊啊，救命！救命啊啊啊啊啊！」

不知道是莊一還逸歌的腳踢到了一旁的全身鏡，鏡子倒了下來。全身鏡撞上地板，碎了一地。數不清的玻璃碎片反射出兩人的身影，在房間中扭打成一團的兩隻野獸。

不久後，兩名警察打破大門衝進房間，立刻拉開莊一和逸歌。

看見銬著手銬及腳鐐的逸歌，警察錯亂似地停下動作幾秒鐘。逸歌乘勝追擊，開始裝出害怕哭泣的模樣。莊一做不出那麼靈光的反應，只是茫然地接受眼前的狀況。

警察對莊一講了些什麼。接著，把他用力壓在地板上接著把他的手臂轉到背後，冰涼的東西碰到手腕。金屬聲響起，然後莊一就徹底無法動彈了。他很清楚這種失去自由的滋味。

「不、不是。不是不是不是……！不是我！是他！全都是他幹的！不是那樣！你們該逮捕逸歌！」

門關上，他從書房被拖到走廊。要失去了，自己要失去一切了，要失去相崎一歌了。

莊一不斷叫喊，那聲音卻傳不進任何人的耳裡。

終章

莊一說完正想喝水時，杯中已經空了。他朝冷水壺伸出手，結果冷水壺也早已見底了。

「假設你說的全是真的。」

坐在對面的安西刑警發問：

「柊木逸歌為什麼要做這種事？」

「我剛不是說了？都寫在大綱裡。他的目的是取材。他早就計畫要寫這個題材的小說。」

「他殺害高中時代好友相崎姬野的原因是？」

「因為對方不接受他的心意，所以他就把她變成取材的對象。」

「可以證明這件事的檔案在他的電腦裡。但警方趕到時，電腦已經嚴重毀損了。是這麼一回事，對吧？」

聽在莊一耳裡，安西的態度就像在說，現在並沒有證據可以佐證你這些話，我沒辦法相信你。

逸歌現在在哪裡？他一樣在警署裡接受偵訊嗎？還是在醫院接受治療？或者兩者都有？

安西正打算繼續發問時，部下從走廊叫他。安西說「你等一下」，就離席走出去。聽見他的話，莊一笑了。自己身上繫著鐵鍊，除了等，還能怎麼辦？

安西和部下在走廊交談的聲音飄了進來，但聽不清楚談話的內容。過了一陣子，安西回來後，這麼說：

「你今天累了吧。連續講了七個小時。你就好好休息，明天我再繼續聽你說。」

莊一直接被帶進拘留所裡自己的房間。說是房間，其實是牢房。白色牆壁、白色鐵欄杆。窗戶上也裝設了柵欄。地面不是水泥地而是鋪木板是唯一的慰藉了。

莊一靠裡面擺的薄床墊、棉被和枕頭過了一夜。月光灑進來，在地板上投射出柵欄的影子。莊一睡不著，只有時間不斷流逝。他一直在思考離開這裡後的事。

囚禁逸歌的事實是無法改變的。儘管是遭到他的誘導，但那部分的刑責多半是免不了。不管莊一選擇的辯護律師多優秀，要無罪釋放應該很困難。

問題是姬野，必須讓逸歌為殺害她的事贖罪。昔日的記憶浮現腦海。莊一此刻終於懂了，那一天的真相。

「欸，莊一快來了。」

「還沒關係吧，還沒結束。」

「不行。我不想破壞這個屬於三個人的地方，所以不可以在社辦。饒了我吧。」

「膽小鬼。」

那既不是兩人作為正在交往的男女朋友間的對話，也不是逸歌正在催促姬野向莊一告白的對話。是逸歌在表明心跡，卻遭到姬野拒絕的場景吧。

自己一定要證明他的犯罪行為。可以作證的檔案或許已經沒有了，現在知道真相的就只有莊一了。正因為如此，自己不能灰心喪氣。只要能把逸歌送進牢裡，就算要奉獻自己剩下的人生也無所謂。

灑落房裡的月光，不知不覺間轉變為朝陽。在早飯送上來前，牢房的門鎖開啟，看守示意莊一出去。

莊一一踏上走廊，安西刑警已經等在那裡了。他喊「安西先生」，但對方卻避開他的目光。

「在你自己家裡找到了相崎姬野的筆電。如同你昨天說的，放在書桌上。」

「所以？」

「密碼是『water』，對吧？我們用這個密碼打開了她電腦裡的資料夾。裡面只有一個WORD檔。」

安西直直盯著莊一。莊一立刻就發現那道目光和昨天不同了，更銳利，像是正在責備自己一樣。

密碼，姬野的筆電密碼。逸歌的確說過他用了和她一樣的密碼。資料夾裡的WORD檔？裡面寫了什麼？

難道——

就在莊一猜到答案的同時，安西開口說：

「裡面寫著計畫殺害相崎姬野的步驟跟細節。你昨天說在柊木逸歌電腦裡的東西，卻出現在她的電腦裡。」

「……是複製檔，是那傢伙複製的。」

他什麼時候放進去的？之前囚禁自己的時候嗎？

不對，他早在更久之前就已經策劃了這一切。

逸歌把獎盃拿給自己看的那一天。從他把姬野的筆電交給自己的那時起，檔案就已經在資料夾裡了。一切早從兩人重逢前就開始了。

「資料夾裡還有幾張相片，是從山崖上拍攝的已經過世的姬野。」

安西身旁冒出了幾個看似他部下的人。他們搭上莊一的肩膀，打算帶他移動。

「用來拍攝的那台數位相機就收在你家中壁櫃的收納箱裡。月村莊一，我因為你殺害相崎姬野的嫌疑重新逮捕你。」

「不是我！不是！不要！」

莊一情緒激動地反抗。即使這種行為會危害自己的信用，但他克制不了。逸歌早就設計好了。設計好這一切，

「之後會再詳細問你。不過，你有權保持緘默。你在這裡所說的每一句話，都可能成為在法庭上對自己不利的證據。還有——」

囚禁柊木逸歌及殺害相崎姬野，兩項罪行的審判平行展開。針對囚禁的部分，莊一坦承所有事

實，但針對殺害她的這項罪行，他始終否認到底。他能做的只有這樣。

檢察官斟酌用詞說：

「柊木逸歌先生，你請高中時期的朋友月村莊一協助寫作。不知不覺中，月村窩在你房間閉門不出，那段期間都是你代替他出門採買生活必需品。有一天，柊木先生，你遭被告月村莊一囚禁。五金百貨的監視器拍到了月村去採買東西的身影。月村的動機是，從你身上徹底搶走作家『相崎一歌』的身分。那種扭曲的動機及執念，跟正另行審判的殺害相崎姬野的案子也有關聯。柊木先生，你對於殺害相崎姬野的案子，至今什麼都不知情。沒錯吧？」

隔板擋著看不見人影，但逸歌就在那裡。莊一能清楚聽見他簡短的回答。

「對，沒有錯。」

自己當時是安靜聽著他那樣說，還是大吼大叫激動抗議，莊一想不太起來了。

莊一的前上司杉田，和過去經常有交流的便當店「五彩繽紛」店員瑠奈相繼站上證人的位置。莊一去社辦時接待他的高中職員也出庭作證。有些證詞會替莊一的印象加分，但也有一些證詞反倒不利於他，而且幾乎都是後者。

如果高中時沒有誤會逸歌和姬野在社辦裡的那段對話，一開始就注意到真正的含意，現在的情況會有所不同嗎？如果當時不理會逸歌傳來的那封訊息，繼續當上班族好好工作，是不是現在就不會淪落到這個下場了？如果自己連一個字都沒有更動逸歌的故事，是不是就能避免這個結果？如果中間能注意到自己其實正被他誘導，是不是就能走向另一種結局？

要是能在與他重逢前，先想出姬野電腦的密碼，事情肯定就不至於變成這樣。猜出密碼的那一天，如果先下電車回自己家打開姬野電腦裡的檔案，現在絕對就不是這種慘狀了。

因為在每個關鍵處都做錯選擇，所以自己現在才置身於此。

「接下來要宣讀判決。」

聲音從高處降下來，莊一沉默聆聽。

莊一的監獄生活沒有任何訪客，直到他放棄去數自己進來幾天次後，馬上就出現了第一名探視者。在獄警說出對方的姓名前，莊一就曉得那名唯一的訪客是誰。那個人看來非常清楚要在哪個時間點出現最能讓自己不愉快。

接見室的空間約有四坪大小，正中間放了一張細長型的桌子隔開。桌上豎立著一塊用來隔開一般民眾及囚犯的壓克力板。為了方便聲音穿透，板上有排列成放射狀的許多小洞。偶爾在連續劇裡看見的那些接見室，出乎意料呈現得相當忠實。

逸歌已經先在那裡了。他大方坐在他根本沒資格坐的一般訪客的位置上。被莊一折斷的右手臂上仍纏著繃帶，由繞過脖子掛著的吊帶懸吊支撐著。

逸歌一直注視著一個點。直到莊一在折疊椅坐下，兩人面對面後，他才終於像是發現這裡有人似地開口說話。說的內容也不是「你看起來精神還不錯」或「好久不見」，他劈頭就說：

「右手臂，最近拆石膏了。我行動還不是很方便，搭電車時會有點害怕。不過已經好多了。」

逸歌動作熟練地只用左手從包包中取出一樣物品。那是一本單行本。

書名單純，卻立刻抓住莊一的目光。

「《直到寫出完美小說》。前陣子出版了。這書名很挑釁吧？大家可能覺得好玩想買回家挑毛病，聽說第一週銷量很不錯。你要是可以收，我就寄給你。」

寫完了。他終究是寫完那本小說了。在結束必要的取材後，來告訴莊一這件事。

「大綱有三個吧。殺害姬野的大綱，誘導我去囚禁你的大綱，還有把所有罪都推到我身上的大綱。你從開始前就計畫好一切了吧？讓我找到那些大綱也是你計畫裡的一部分嗎？」

逸歌沒有回答。就像沒聽見一樣，繼續說著自己那本書。

「這次我換了一個筆名。相崎一歌現在正在風頭上，我不想利用八卦來賣書。所以我決定用曾在其他新人獎獲獎，只出過一本書的另一個筆名來出這本書。這種筆名我有好幾個。沒有任何人注意到他們都是相崎一歌，就只有『崎』這個字一樣。」

莊一繼續問：

「要是我中途就猜到密碼，你打算怎麼應對？數位相機也是趁囚禁我時藏起來的吧？要是我又去翻壁櫃裡的收納箱，你要怎麼辦？話說回來，在自己家裡藏另外一支手機？還不只是這樣而已。

總之這要說是一個計畫，破綻也太多了，還是這些不確定因素也是取材的一部分？」

兩人的對話沒有交集。

但莊一仍直直看著他的眼睛，只有目光絕不閃躲。逸歌從以前就很擅長不用言語傳遞訊息。

「我不是說過了嗎？完美小說的條件。莊一，你記得嗎？」

記得。那時莊一已經遭到囚禁，但兩人勉強還算得上是人。

他們在客廳餐桌旁談話時，逸歌這麼說：

「為一個人的人生帶來決定性轉變的小說。在看過那本小說之前和之後，他所看見的世界將截然不同，而且再也無可逆轉。我認為那就是完美的小說。」

莊一在桌子下面握緊拳頭。他在心中祈禱負責看守的獄警從那個位置看不見自己的拳頭。當時，逸歌是用什麼樣的心境回答的？

「我感覺自己終於寫出了一本這樣的作品。」

莊一看向自己倒映在壓克力板上的臉。比待在偵訊室那陣子更憔悴，已想不起自己原來長什麼模樣。而且，再也無法回頭。被改變了，自己被永遠地改變了。

「你滿意了嗎？」

莊一問：

「你利用痛恨的我，狠狠打擊我，你滿意了嗎？小說也寫完了，計畫順利實現，心情肯定很舒暢吧？以後也不會再碰面了，你安心了嗎？」

「才不是，我怎麼可能痛恨你。」

逸歌回應的語調在此時突然沉下去。

什麼？莊一不禁輕聲驚呼。

「我不可能討厭你的。」

那是強調自己所言屬實的語氣。

「幹麼，你想說什麼……」

「是你的話，應該會懂吧？」

逸歌直直望向莊一，像是不允許他避開目光似的。他果然又在試圖傳達什麼訊息。不發出聲音地交流。

「你應該懂的。」

那一瞬間，自己對他的憎惡消失了。

失去了心懷憤怒的從容。

瞬間湧上心頭的是，難以言喻的不安。

自己誤會了一些事。走到這種結局，上當受騙，被耍得團團轉，甚至嘗過地獄的滋味，卻還是有自己不該漏看的事實。

不安逐漸膨脹。至今自己所見，該不會只是逸歌龐大計畫中的一小部分而已？

那是一種落腳之處盡是濕軟爛泥，整個人緩緩往下陷一般的恐懼。自己必須留意到的真實正微笑揮手，優雅站在岸邊望著莊一垂死掙扎。

「逸歌，你……」

如果這還不是終點的話？

如果他還有完全不同的其他目的？

如果動機不是把殺害姬野的罪名嫁禍到自己身上，為了寫出完美小說進行取材，那他真正的目的究竟是什麼？

「莊一。」

逸歌呼喚自己的名字，眼神變了。

他開口傾訴。

同時理應聽不見的內心聲音通過表情流洩而出。

「我不會棄你不顧。」

我不可能憎恨你。

怎麼可能討厭，完全相反。

「我們一起喝過好幾次酒吧。我喝醉了。當時說的話，全都是真心話。」

我會想像你正在看。只要這樣，我就能寫得很順利。我從以前就一直這樣。莊一，你的存在就是對我人生的刺激，所以你是必要的。

「莊一。現在雖然變成這樣了，但我們的友情是不會變的。」

是你。

我想要的一直是你。

為此才一路做了那麼多準備。

「我會一直等你回來，這裡我也會常過來。」

就算你說不要，我也會這樣做。只要被關在這裡，你就逃不了。你只有一個人。

沒有人可以求助。莊一，你只剩下我了。

「莊一，只有我站在你這一邊。」

你就如同我所預料的一樣。

至今以來的一切努力，花這麼多年計畫，都值得了。

「你不是孤伶伶一個人，你放心吧。」

我終於得到你了。

我不會再放手了。

逸歌的話語比先前更深刻、更鮮明地傳達給莊一。那是世界上唯有一人，只有莊一聽得見的聲音。

莊一在遭到囚禁時，為了成為相崎一歌，不斷努力理解他。他會有什麼表情，什麼聲音，什麼話語，會寫出什麼文字？莊一一直讓他的思想滲透到自己體內。因此現在，莊一可以看透一切藏在他話語背後的真意。

不是姬野，從一開始，逸歌就不是喜歡她。

他一直執著的人是自己。

他的目的是，打造一個讓莊一無處可逃的牢籠。

除此以外的各種事實，全都是創作。

「我下次再過來，莊一。」

逸歌站起身準備離去。

莊一動不了。如果自己在這時情緒失控，連這個反應好像也是在照著他的大綱走，莊一一想到這一點，便連一根手指也動不了。腦海中只有自己身體被無數鐵鍊纏繞住的畫面。

莊一渾身僵硬，逸歌最後回過頭，微笑著說：

「我會一直在你身邊。」

NIL 48／直到寫出完美小說

原著書名：完璧な小説ができるまで
作者：川崎七音
原出版者：KADOKAWA
翻譯：徐欣怡
編輯總監：劉麗真
責任編輯：張麗嫺
國際版權：吳玲緯、楊靜
行　　銷：徐慧芬
業　　務：李再星、李振東、林佩瑜
事業群總經理：謝至平
發行人：何飛鵬

出版：獨步文化
城邦文化事業股份有限公司
台北市南港區昆陽街16號4樓
電話：(02) 25007696　傳真：(02) 25001951

發行：英屬蓋曼群島商家庭傳媒股份有限公司城邦分公司
台北市南港區昆陽街16號8樓
客服專線：(02) 25007718；25007719
24小時傳真專線：(02) 25001990；25001991
服務時間：週一至週五上午09:30-12:00；下午13:30-17:00
劃撥帳號：19863813　戶名：書虫股份有限公司
讀者服務信箱：service@readingclub.com.tw
城邦網址：http://www.cite.com.tw

香港發行所：城邦（香港）出版集團有限公司
香港九龍土瓜灣土瓜灣道86號順聯工業大廈6樓A室
電話：(852) 25086231　傳真：(852) 25789337
E-MAIL: hkcite@biznetvigator.com
馬新發行所：城邦（馬新）出版集團
Cite（M）Sdn. Bhd.（458372U）
41, Jalan Radin Anum, Bandar Baru Seri Petaling,
57000 Kuala Lumpur, Malaysia.
電話：+6(03) 90563833　傳真：+6(03) 90576622
E-MAIL: services@cite.my

封面設計：高偉哲
封面插畫：JAFA加法
排版：陳瑜安
印刷：前進彩藝有限公司

2025年（民114）3月初版
售價：320元
ISBN 978-626-7609-18-7
978-626-7609-13-2（EPUB）

國家圖書館出版品預行編目資料

直到寫出完美小說 ／川崎七音著；徐欣怡譯 . – 初版 . – 臺北市：獨步文化，城邦文化事業股份有限公司出版：英屬蓋曼群島商家庭傳媒股份有限公司城邦分公司發行，民 114.03

面 ； 公分 . --（NIL ; 48）

譯自：完璧な小説ができるまで

ISBN 978-626-7609-18-7（平裝）

978-626-7609-13-2（EPUB）

861.57　　113017412